美醜逆転世界のクレリック
美醜逆転世界のクレリック
~美醜と貞操観念が逆転した
異世界で僧侶になりました。
淫欲の呪いを解くために
ハーレムパーティで「儀式」します~
2
Author 妹尾尻尾
Illust. ちるまくろ

CONTENTS

挿入たああ♥♥
マコト様のおちんちん、
生で挿入《たべ》ちゃったあ♥
「うっ……ぐっ……」
「はあっ……んぐっ……♥」
殿方のおっきなおちんちんを、
私のあそこでにゅぷにゅぷと咥え込んでいく。
マコト様の背中は
ぴったりと壁にくっ付いて逃げられない。
私は片足を上げて、
まるで壁オナニーをしているかのように、
マコト様の生肉ディルドーで
膣内をほじり始める。
「んくっ♥ マコト様のっ♥
大っきい♥ ですぅっ♥」

前のめりで挿入していた
ルルゥさんが、
ぶるぶるっと身体を震わせた。
膣の入り口がきゅうと絞まる。
「あれ？　入れただけで
イっちゃったんですか？
ルルゥお姉さん？」
「んきゅっ♥　うんっ♥　うんっ♥
入れただけでイっちゃったぁ♥
マコトくんのおちんぽ♥
すっごいんだもん♥」
とろとろに蕩《とろ》けた顔で
俺を見下ろす絶世の美女エルフ。
「私のっ♥　弱いところにっ♥
ぴったり当たってっ♥　まるでっ♥
私のためにっ♥
おちんぽがっ♥　はあぁんっ♥」
ルルゥさんは騎乗位で挿入したまま、
倒れ込むように抱き着いて、
甘イキを繰り返す。
彼女の膣内がぎゅむぎゅむと収縮を繰り返し、
愛液をどんどん分泌《ぶんぴつ》させていくのを、
俺は勃起したチンポで感じていた。

ダッシュエックス文庫

美醜逆転世界のクレリック2

~美醜と貞操観念が逆転した異世界で僧侶になりました。
淫欲の呪いを解くためにハーレムパーティで『儀式』します~

妹尾尻尾

第一話 やっぱり私はナメクジになりたい。

「ようこそ、オクドバリーへ！」

魔界に来たのかと思った。豚のような頭に、緑色の肌を持った、身長二メートルくらいの大女さんに、俺たちは歓迎された。

彼女は、オークだ。

服装は半裸に近い。胸と股はわずかな布でかろうじて隠されており、筋骨隆々《きんこつりゅうりゅう》な腕や足は毛むくじゃらで、でっぷりと飛び出たお腹《なか》を誇らしげに見せつけていた。全身には動物の頭蓋骨《ずがいこつ》を使ったアクセサリーを身に着けており、すこぶる迫力がある。こんな状況でなければ回れ右して逃げ出していたと思う。

しかしその服装も、この世界の基準ではオーソドックスなのだろう。いや、どちらかというとフォーマルなものに違いない。

俺からすれば異様な存在だが、目の前のオークさんは実に堂々としている。

それもそのはず。

彼女は、オークであり、美女――らしいのだ。

実際、その表情は明るく、とても親切で優しそうである。潰《つぶ》れた鼻と、下アゴからにょきっと生えた牙《きば》はとても男らしいっていうかアニメで見た凶悪なオークそのものだが、しかし表情がニッコニコなので恐怖は感じない。

そう。めっちゃにこにこしてる。

完璧な営業スマイルだった。

オークが仲間になりたそうにこちらを見ている——感じだった。

「歓迎いたします、『双烈《そうれつ》』の皆様」

と笑顔で俺たちに話してくる。ていうか、俺に話しかけてくる。隣にエルフのルルゥさんが立っているのに、まるで最初から存在しないかのように。

「え、あ、どうも……」

「…………」

案内役の美人（？）オークさんに、俺も中途半端にお辞儀をする。隣のルルゥさんも、フードを被《かぶ》ったまま軽く頭を下げた。

ここはオークの国、オクドバリー。

俺とルルゥさんはギルドからの依頼で、このオークの国を訪れていた——。

☆

二週間前。

私《ルルウ》とアーシアの自宅。


「マコト様が帰ってきません」

マコト様とイーダ様が庭に張られたテントに入ってから二日が経過した。

ルニヴーファのダンジョンで〝竜〟を退治し、その直後に大賢者イーダから強襲された。

イーダ様とは和解できたものの、実は女だった彼女はマコト様を連れてテントこと結界コテージへ。

一晩だけマコト様をお貸しする、そういう約束だったのだが……。

「もう三日目だね、どうする？　姉さん」

朝食をとりながら、私はアーシアと話し合っていた。

「不測の事態が起きて二人の身が危険に晒《さら》されている——とは、考えにくいですわね」

「あのイーダ様が一緒だからね。何があっても安全でしょ」

「ということは、やはり……」

「ひたすらセックスしまくってるんだろうなぁ」

アーシアがそう言って天を仰《あお》いだ。私も釣られて顔を上げる。シミの付いた天井が見えた。

そして、

「「…………いいなあ」」

二人してそうこぼした。

「ていうか姉さん、呪いは平気なの？」

顔を戻したアーシアがそう訊《き》いてくる。

淫欲《いんよく》の呪いのことだろう。ダンジョンや危険エリアに長く留《とど》まり続けると欲情してしまうアレだ。

私は少し恥ずかしさを覚えながら、

「ま、まぁ、マコト様との情事を思い出して、自分で鎮《しず》めていますから……」

「そっか。もう処女膜ないから、指で好きなだけ弄《いじ》れるもんね」

「そういうあなたは――って、聞くまでもありませんでしたわね」

「えへへ、まぁね。触手くんが張り切っちゃってさー。ＮＴＲプレイも良いもんだね。マコト様に見てもらうために、触手くんにレイプされながらマコト様に助けを乞《こ》う映像《ビデオ》を記録魔石にがっつり撮ってあるんだー。二〇時間くらい！」

満面の笑みだった。

――この子の変態っぷりは今に始まったことではないけれど、より角度が上がってしまった気がしますわね……。

「姉さんもボクと一緒に撮る？　触手モンスターに捕まってアヘ顔晒しながら『弱くてごめんなさい許してくださいマコト様みないでー』ってプレ」「結構ですわ」

ぜんぶ喋《しゃべ》らせる前に断った。アーシアは「むぅ」とつまらなそうに唇を尖《とが》らせる。

「おほん……。ともかく、マコト様がお帰りになるまで、私たちもオナニーばかりしているわけにはまいりません」

「なんでさ？　いつもダンジョンから戻ったら一週間は休暇に当てるじゃん」

「それはそうですが……」

ちら、と窓に目を向ける。庭に張られた、何の変哲もないテントを見る。

マコト様は今ごろ、あの中で、イーダ様とセックスをしているのだろう。

それは僧侶《クレリック》である殿方の責務だ。マコト様はとても変わった――いや、とてもおかしな――いや、とても稀有《けう》な『性癖《せいへき》』の持ち主であられるから、『醜女《しこめ》』とセックスすることは苦ではないらしい。

それどころか、あのお方にとっては『醜女』が『美女』に見えるのだとか。

――なんて都合の良い……。

あれだけ愛された今でもまだそう思う。こんな醜《みにく》い自分を、美しいだなんて『錯覚』できる殿方がいるなんて。

それはとても嬉しいことだけれど、同時にとても怖いことだとも思う。

だって、いつもそうだったから。

いつも、幸せは壊れてしまうから。

今回だって、そうならないとは限らない。マコト様の錯覚が治ることだってあり得るだろう。

――だから、期待してはいけないのよ、ルルゥ。

自分のような醜女にこのような幸せが許されるはずがない。いつか必ず現実を思い知る時が来る。この幸福な夢から覚める瞬間が、必ず訪れる。

その時、少しでも傷つかないように。

私はこの世界に、私の未来に、何の期待も抱いてはいけないのだ。

「……姉さん？」

急に黙り込んだ私を訝《いぶか》しんで、アーシアが声をかけてくれた。私は微笑んで、

「何でもありませんわ。マコト様も『お仕事』に精を出されていますし、私も自分の仕事をいたします」

「文字通り『精を出してる』最中だろうねー。うーらーやーまーしーいー」

くだらない下ネタをボヤキながらテーブルに突っ伏してジタバタするアーシア。義妹《いもうと》のこういうところは可愛らしいのだけど、お皿が載《の》ったままのテーブルであなたのような大きな女がそれやるとがっちゃがっちゃんうるさくてたまらないからやめてくれないかしら。

などと思っていたら、アーシアの動きがぴたっと止まった。あら、わかってくれたの？

「姉さん、仕事ってどこへ行くの？　処女卒業したし、大枚《たいまい》はたいて男娼館《ソープ》とか？　やめといた方がいいと思うなー。傷つくだけだよー？」

ぜんぜんわかってくれてなかった。

苛立《いらだ》ちでこめかみがピクピク動く私です。

「……違います。イーダ様に依頼されていたでしょう。ギルドへ報告に行くのです」

「あー。そっか。邪竜倒したもんね」

それは国の危機を救ったことを意味するのだが、割としょっちゅうあるし、滅亡しそうだったことを誰も知らないし、依頼主であるギルドにも王にもぜんぜん感謝されないので、なんだか自分たちも『大したことじゃない』と思いかけている。

私とアーシア、そしてマコト様がいなければ、今ごろこの国は人類種族の棲《す》めない土地になっていたでしょうにね。

「でも姉さん、一人で大丈夫？　ボクもついていこうか？」

「……いえ、平気ですわ」

私は少し考えて、心配そうな顔をする義妹の提案を断った。この子はけんかっ早いから、ギルドに行ったらすぐ揉《も》め事を起こしてしまう。

ギルドの建物がやたら綺麗なのをマコト様が称賛してらしたけど、つい先月あそこを半分ぶっ壊したのが何を隠そうこの義妹《アーシア》であると私はついに言えなかった。こう見えても、妹想いな私です。ちなみに慰謝料やら修繕費やらで二〇〇〇万くらい取られましたわ。

「そっか、姉さん、一人で行くんだね」

アーシアもそのことを察したのか、目を細めて微笑んでくる。

「その――気落ちしないでね。布を被ればきっと入れてもらえるから！」

「男娼館《ソープ》じゃありませんわよ！」

声を荒らげる私です。あとアーシア、きょとんとするのはおやめなさい。マジで違いますから。フリじゃないですから。

☆

「ここが――男娼館《ソープ》ですのね」

ついに来てしまいましたわ。

いや私だって最初はそんなつもりはなかったのです。けど、アーシアがあまりにも花街《はなまち》はやめとけと言うので逆に気になったというか……。ギルドの近くにあるし、報告は終わりましたし、ついでにちらっと見てみようとか……。

ま、まぁ？　私だって処女を卒業しましたし？　マコト様という『美男子』に選ばれた女ですし？　ただの醜女ではないと証明されたわけですし？

マコト様という殿方がいるのでまさか入るようなことはしませんけれど？　ちょっと見に来ただけですし？

「…………」

こそこそと、木々と鉄柵で覆《おお》われた敷地の中を窺《うかが》います。

ギルドの館のほど近くにある、広大な土地を有したそこは、王侯貴族のお屋敷のような豪奢《ごうしゃ》な造りでありながら、教会のように厳《おごそ》かな佇《たたず》まいを同居させていて。

水の妖精が楽しそうに踊る噴水池を中心に、よく手入れのされた幾何学《きかがく》的な庭園、その中を

人たち。

正面玄関に停《と》められた馬車から御者《ぎょしゃ》の手を借りて降りるのは、綺麗に着飾った恰幅《かっぷく》の良い美人たち。

ところどころに配置された、鉄《くろがね》の武具を身に着けた警備兵たちでさえ美しい。

男娼館《ソープ》などと俗っぽく通称されているものの、その実態は選ばれた女しか入ることを許されない『高級宿泊施設《ホテル》』なのだった。

中にいる男性は、僧侶《クレリック》ではない。何らかの理由で職業《ジョブ》の加護を得られていない殿方だけだ。

だからあそこに入る女は、ダンジョンや危険エリアで『淫欲の呪い』にかかったのではなく。

ただただ『性欲発散《ヤりたい》』、あるいは『受精着床《にんしん》』するために挿入《い》れるのである。

うらやましくはない。本当だ。だって私にはマコト様がいらっしゃるし。

ただ——とても興奮します。

鉄柵を握る手に力がこもる。長い耳と醜い顔を隠すために目深《まぶか》に被ったフードが暑い。耳の先が内側に擦《こす》れて痒《かゆ》い。いっそ脱いでしまおうかとフードに手をかけて、

「——うわ、何あれ」

蔑《さげす》みに満ちた声を背中で聞いた。

ぶわ、と体中から冷や汗が噴き出て、全身が凍り付いたように固まる。フードにかけた手は脱ぐことも引っ張り下ろすこともできずがたがたと震えている。

見付かった。

人に見られてしまった。
足音からして三人、職業《ジョブ》レベルはそれなり、だからこそ隠密魔術が効かなくて、
「エルフかよ」と笑う声。
「草女《くさめ》が木に隠れて男娼館《ソープ》覗《のぞ》いてるの、マジウケるわ」と笑う声。
「鏡持ってんのかよ。あ、ぜんぶ割れるか」と笑う声。
ぎゃははははは、と三人の冒険者は私の後ろを通り過ぎていく。
それを待たずに、私は走り去っていた。逃げるように。
——なんて愚かなのでしょう。
頭が痛い。顔が熱い。視界がぼやける。
——あれだけ、あれだけ自分に言い聞かせたのに。
こんな幸せは夢だって。すぐ現実を思い知るって。
——なのになぜ、こんなところに来て……！
みじめに笑われているのか。
「うっ……ううっ……うううっ……！」
フードを顎《あご》の下まで引っ張って、路地裏に逃げ込んで、そして、そのまま、
「うううっ…………！」
蹲《うずくま》って泣いてしまって一歩も動けなくなった。
消えたい。恥ずかしい。死にたい。いなくなりたい。

マコト様が特別だったのだ。

勘違いしてはいけないのだ。

エルフのルルゥは醜女なのだから。

――ナメクジになりたい……。

もしそうなれたら。

マコト様はもっと、私のことを愛してくれるだろうから。

「……マコトさま………」

涙が止まるよう、私は愛《いと》しいあのひとの名前を呟《つぶや》く。

懐《ふところ》に忍ばせておいたマコト様の忘れ物を、ぎゅっと握って。あのひとの残り香《が》を、ぬくもりを、この手に感じて。

「マコトさま………」

それに顔をうずめて涙を拭《ぬぐ》うと、まるで彼に抱かれているような安心感を覚えた。

「どうか、どうか、お早いお帰りを……」


このままイーダ様のもとから戻ってこないのではないか。

きっとアーシアも同じように抱いている不安が、日に日に大きくなっていった。

我慢できなくなった義妹が、「テントに突入しよう」と言いだしたのは、その五日後だ。私たちはテントのトラップに引っ掛かり、触手やらスライムやらによって新たな性癖の扉を開いたりしたのだが、とにもかくにもマコト様はお戻りになったのであった。

☆

後日。

「あの、ルルゥさん……」

師匠のテントから戻ってきた俺は、洗濯をしてくれているエルフの彼女に探し物を尋《たず》ねた。

モノがモノだけに、訊くのが恥ずかしいのだが……。

「はい、なんでしょう、マコト様？」

「その……俺のパンツ、知りませんか？」

「あ、これですわね？」

ルルゥさんは、洗濯カゴの中からではなく、なぜか懐から俺のパンツを取り出した。

なぜか、ちょっと湿っていた。

なぜ……？

第二話　しばしのお別れ

イーダ師匠のテントから、ルルゥさんたちの家に戻った翌日。

俺たちはギルドの館を訪れた。

俺とルルゥさんの二人だけだ。アーシアちゃんとイーダ師匠は欠席……というか二人とも旅に出てしまった。

アーシアちゃんは、大きな任務を終えたので、別の国にいる数少ない「友達」に会いに行くという。

「自慢してやるんです」

と、いたずらっぽい笑顔を浮かべていた。

俺はてっきり、〝竜〟を倒したことを自慢するのかな、と思ったのだけど、

「男様《おとこさま》にレイプしてもらったたって♡」

そっちかー。

でも納得ー。

「マコト様♡　戻ってきたら、またたくさんレイプ♡　してくださいね？」

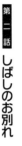

と、俺の腕に身体を絡《から》ませてくるアーシアちゃん。ボーイッシュなアイドルに可愛い仕草でレイプ懇願《こんがん》されてるっぽくて凄《すご》い。かと思えば、アーシアちゃんは両手で俺の顔を挟み、そのまま少し顔を上げさせて、「ちゅっ♡」とキスしてきた。王子様系のカッコいい高身長女子に無理やり唇を奪われたみたいだ。ギャップでくらくらする。

なお、当のアーシアちゃんは、

「ヤッバ……♡　やっぱマコト様ちょー可愛い……♡　今すぐ犯してほしい……♡　押し倒したのにいつの間にか主導権奪われてバックでひたすらお尻叩いてほしい……♡」

俺を覗《のぞ》き込むぐるぐるとした目が野獣のそれになっている。ドMの性《サガ》が出てる。オネショタ逆転モノみたいな欲望を抱いている。俺の手を握って、自分の背中に回させて、きゅうっと身体を密着させてくる。あれ、このままここで食われる流れですか？

「おっほん！　我が弟子よ」

身長一七五センチのアーシアちゃんよりかなり低い位置で、ゴブリンの姿に変化した師匠がわざとらしい咳払《せきばら》いをしつつ、ぐいぐいと割り込んできた。俺たちの胸元くらいまでしか身長がないのに凄い力だ。超高レベル魔法戦士であるはずのアーシアちゃんが「ぐぬぬぬ……」と悔しがりながら後ずさりする。

そして師匠は言う。おじいちゃんの声で。

「マコト。ワシはいったん棲《す》み処《か》へ戻る」

俺は師匠と目線を合わせるべく膝《ひざ》を折った。

「あの山の中ですか？」

「うむ。マコトを追いかけて出てきて、それっきりじゃしの。ちょっとばかり心配じゃ」

「結界に鍵をかけてこなかったとか？　師匠、ポンコツですもんね……」

「お主《ぬし》、ワシを馬鹿にしすぎじゃぞ。まぁ実際そうなんじゃが」

そうなんじゃん。

「良いか！　ワシが戻ってきたら、たっぷり儀式をしてもらうからの！　ワシ、ワシ、もうお主なしでは生きていけない体になったんじゃからな！」

「その言い分は果てしなくエロいんですが、なにせ見た目がゴブリンであるからして」

ぼわん。

師匠がロリ爆乳美少女に戻った！

「ワシのいやらしいおっぱい、またたくさん虐《いじ》めてほしいのじゃ♡」

上目遣《うわめづか》いに俺を見ながら、一六〇センチを誇る爆乳で俺の顔をぎゅううううっと抱きしめた。

これは効く。マコト特攻である。俺は師匠のおっぱいにうずめた頭をぐりんぐりん動かしてその柔らかさと弾力を顔中で楽しむ。特大のマシュマロの向こうに、女の子特有のあまーい香りがするぅぅぅぅぅ〜〜！　すぅぅぅぅはぁぁぁあぁぁぁぁぁ！

「任せてください！　師匠は俺がいないとダメですからね！　もっとダメにしてあげます!!」

どっちかっていうとダメになってるのは俺の方だが。

師匠は俺の頭を撫でながら困惑《こんわく》気味に、

「相変わらずちょっと引くくらい態度が変わるのぅお主……」

それを言うなら、ゴブリンジジイからロリ爆乳ドワーフに変わる師匠が悪いと思うんだ。

俺は名残惜《なごり》しさを覚えながら師匠のおっぱいから顔を離し、立ち上がった。両隣にいるルルゥさんとアーシアちゃんがなぜか二人とも胸をはだけさせて俺を見ていた。え、なに？

「は～いマコトさま～♡　おっぱいですよ～♡」

「もうマコト様は本当に胸が好きなんだね～♡」

二人の胸の谷間に交互に頭を入れられた。なんだこの流れ。天国か？　ルルゥさんの真っ白いふわふわ爆乳も最高だが、アーシアちゃんのハリのある美巨乳もまた素晴らしい。

などとやりつつも、時間は来るもので。

アーシアちゃんと師匠は笑顔で手を振りながら、

「じゃ、またねー！」

「行ってくるのじゃ。お主らも気をつけてな」

それぞれ転移結晶を使って、しゅぱん、と消え去った。

魔石に封じられた転移魔術が起動し、彼女らを一瞬で指定した場所に移動させた魔力の残滓《ざんし》が、僧侶《クレリック》の目ではっきりと視《み》える。きらきらとした、光の粒子だ。それを追っていけば、アーシアちゃんたちの追跡もできるだろう。

あれ？　俺、いつの間にこんなの察知《みえ》できるようになったんだ？

と、疑問に思うのも束《つか》の間《ま》。

「………あの、ルルゥさん？」

「はい？　どうされましたか、マコト様？」

残ったのは俺とルルゥさんのみ。それは良いのだが、

「二人きりになった途端、後ろから抱き着いて、俺の股間をまさぐるのはやめてください……」

「あらあら♡　ここはこんなになってますのに？」

耳元に当たる香《かぐわ》しいエルフの吐息《といき》と、股間を弄《もてあそ》ぶ細く長い指先によって、俺の息子はズボンにテントを張っていた。

「いや、あの、これからギルドへ行くのに……」

今からヤっちゃうと夜になっちゃうんじゃないかなぁ。俺もルルゥさんも、始めちゃったら一回じゃ収まらないだろうし……。

でもたぶんヤる流れになるんだろうなー。流されやすいなー俺。でも仕方ないよなー。金髪爆乳エロフに誘われてるんだもんなー。

……と思ったら。

「そう、ですわよね……。ごめんなさいマコト様」

ルルゥさんは少し沈んだ声で謝ると、寄り添っていた俺の背中から離れていく。俺の背中に押し付けられていた爆乳も離れていく。

「……ルルゥさん？」

「さぁ行きましょう、マコト様。約束の時間に遅れてしまいますわ」

振り返って、見下ろした彼女の顔は、いつものような笑顔だった。
いつものように、『何かを取り繕《つくろ》っているような』、笑顔だった。
──なんだろう？
不思議に思いながらも、俺はルルゥさんと一緒にギルドの館へ向かったのだった。

第三話　ギルドマスターの依頼

私《ルルウ》は、ギルドの館に入ってすぐ、違和感を覚えた。

視線が変。

いつも私がギルドに入ったら、必ず侮蔑《ぶべつ》と嫌悪の目を向けられる。エルフ族である事実と、この容姿の醜《みにく》さ。そして、そんな迫害対象《いじめてもいいやつ》のくせに、大陸最強のＳ級冒険者という肉体強者へのやっかみ。

『美』が何よりも優先されるこの世界で、『武』で居場所を勝ち取ろうとする卑《いや》しい女。

そんな視線を浴びるのだ。

このあいだ、一人でギルドへ報告に訪れた時だって、それがあったのに。ビールをジョッキごと投げられたり、かんかんに熱せられた鉄皿を料理ごと頭に被《かぶ》せられたりしたのに（もちろん無傷）。

だが今日はそれがない。

『構われ』が起きない。

どころか、みんな私の方を見てもいない。隠密魔術が通じる場所じゃないのは百も承知だ。

ここは冒険者が集まるギルド、職業《ジョブ》という人外の力を得た者たちが集《つど》う館。

私の醜い顔面や、グロテスクと呼ばれた胸や、気持ち悪いほど細い腰も、はっきり見えているはずなのに。

と、ここまで〇・一秒。一歩目を踏み出したところだ。

〇・二秒目で、その原因に気付いた。

「あっ――！」

「マコト様……！」

「男のひとだ………」

「僧侶《クレリック》様だ……」

「可愛い……食べちゃいたい……」

「あのエルフ……いいなぁ……」

隣にマコト様がいるからだ。

そういえば、マコト様と一緒にギルドへ来たのは初めてだ。殿方がいるとこうも反応が違うものなのかと、隣で穏やかな顔をした美男子を見る。

僧侶《クレリック》の装備である黒と紫の法衣が似合っている。先日、私が買ってきた長杖《ちょうじょう》もその手に握ってくれている。帽子を載《の》せてる黒髪が、私より頭一つ高い場所にある。

可愛い。カッコいい。愛《いと》おしい。

「……………すき」

「？　ルルゥさん？　どうしたんです、立ち止まって。俺の顔になにか付いてますか？」

と顔を近づけてくるマコト様。わぁ、なにそのイケメンしぐさ。このひと、自分がどれくらいモテるのかわかっていないのかしら。

「な、なんでもありませんわ。行きましょ」

フードで顔を隠して、マコト様の手を引く。女の私が殿方をリードできなくてどうする。

俯《うつむ》きながら歩いていくと、まるでモイセスの海割りのように美女どもが道を開ける。怖いけれど、ちょっと痛快な気分も味わう。

「う、あの草女《くさめ》……！」

「エルフのくせに……！」

「男様の手を握るなんて、なんてスケベな女……！」

殺意のこもった目で見られるが気にしてはいけない。私も、そして今やマコト様も、こんなザコ美人どもに怪我《けが》させられることなど皆無。スケべとか久しぶりに聞きましたわ。

けれど、どうしても。

「身分違いだってわかんねーのかな」

「あれじゃマコト様も可哀そう」

「トロフィーダーリンのつもりかしら」

私を責める言葉に、私の弱い心は傷付いてしまう。

身分違いだなんて、そんなの私が一番よくわかってる。マコト様が彼自身の『錯覚』のせいで可哀そうなのも。隣にいる僧侶《クレリック》様が、強者象徴《トロフィー》みたいに思えるのも否定できない。

踏み出す足から力が抜ける。

国を亡ぼすほどの邪竜を倒し、前人未踏のダンジョン最下層まで進めるほどの、私の足が。

こんなギルドの、たった数歩を進むだけの力が出てこない。

――もう、無理です……。

罵声《ばせい》に耐えられなくなって手を離そうとした、そのとき。

ぎゅっと。

マコト様が、私の手を強く握り返してくれた。

思わず彼を見上げると、マコト様は、輝くように笑っていた。

「大丈夫ですか？」

こんな醜女《しこめ》と一緒にいるのに、こうして私を気遣《きづか》ってくれる。『構われ』ている私に、本当の意味で構ってくれる。泣きそうなくらい嬉しい。

「……ええ、平気です」

マコト様がいてくださるなら。

フードで顔を隠して、もう一度、マコト様の手を引く。女の私が殿方をリードできなくてどうするのだ。

美人どもに構われながら、私たちはやっとの思いで、呼び出しを受けたギルドマスターの部屋へたどり着いた。

☆

ギルドマスターの部屋。

「オクドバリーとフェアリアム……ですか」

ソファに座った私は、ギルドマスターの言葉を繰り返した。

オークの国、オクドバリー。

エルフの国、フェアリアム。

この二つへ行けと、ギルドマスターは言ったのだ。

「そうだ」

と、うなずくのは対面に座る美女。大柄でお腹《なか》が大きくて横幅もあって立派な髭《ひげ》を蓄えた女——ギルドマスターである。

目はマメのように小さく、鼻もぺちゃんこで、くるくると癖《くせ》の付いた針金のような黒髪の風貌は、大熊を思わせる逞《たくま》しい美しさがある。このギルドでも一番の美人で、結婚もしているし、しかも第一夫人である。

このギルドを訪れた女はみな、「こんな美人に生まれたかったなぁ」と思うものだ。

しかしもう私は嫉妬《しっと》しない。なぜならマコト様がいらっしゃるから。それにマコト様も、ギルドマスターのような美人より私みたいな醜女がお好きだし——。

と横をちらりと見たら、マコト様はギルドマスターに微笑んでいらした。それはとても、好意的に見えた。

　──まさか……？

　動揺する私を置いて、ギルドマスターは話を続ける。

「貴殿らの活躍で、この区域での危機はひとまず去った。誠に感謝する」

「い、いいえ、私たちは当然のことをしたまでです」

　このひとは私やアーシアといった醜女を前にしても、嫌悪感を表に出さない。それだけで、好意的な印象を覚えるというものだ。隣の秘書は私の方を絶対に見ないが。

「貴殿らの要求は『僧侶《クレリック》による解呪を受けられるようになること』だったな。しかし──」

と、ギルドマスターはマコト様を見て、にやりと笑った。

「それは達成されたと見える」

「あ、そ、そうですね……。はい……。あはは」

　照れたように笑うマコト様。

　それはまるで、『美女に褒《ほ》められて喜んでいる』かのような顔で。

　私は足の底が抜けたような感覚に陥《おちい》った。落ちていく。どこまでも落ちていく──。

「えっと、それでルルゥさん、俺たちからもお願いがあるんですよね……？」

　呆然とする私に、彼が話を振る。そ、そうだ、今はギルドマスターと話をしなければ……。

「は、はい。つきましては、その、『僧侶《クレリック》の解呪』の代わりは、報奨金《ほうしょうきん》の上乗せでお願いできますでしょうか……？」

　おずおずと提案すると、ギルドマスターはこちらの要求を予《あらかじ》め予想していたのか、わかった、とあっさり承諾《しょうだく》してくれた。

「とはいえ急な変更だ。元の契約にもない。しばし時を頂きたい」

「も、もちろんです」

「そしてもう一つ、新たに頼まれてほしい仕事がある」

「新しい仕事……？」

　私とマコト様は顔を見合わせた。

「ルニヴーファ地方の危機は去った。しかし大陸には、いまだ多くのダンジョンと危険エリアが存在する」

　危険エリア。

　そこは〝竜〟が潜《ひそ》み、人界を脅《おびや》かそうと力を蓄えて眠っている、恐怖と魔境の地。

　例えば『森』の危険エリア。ここは森全体が〝竜〟の支配域であり、奴の放つ瘴気《しょうき》によって人類種族は魔力／生命力を吸われてしまう。その魔力は〝竜〟の力となり、より『森』の範囲を広げていく。

　例えば『砂』の危険エリア。一面の砂漠は、舞い散る砂の一粒一粒が〝竜〟の肉片であり、奴そのものでもある。焼き払うことも、吹き飛ばすことも、押し流すこともできないため、長らく攻略はされていない。幸運なのは、砂漠化がそれほど進んでいないことだが、それもいつまで続くかわからない。〝竜〟の気まぐれで、周辺国家が一晩で砂の中に消えたことは過去に幾度もある。

ルニヴーファのダンジョンはまだ可愛いものだった。封じられていた〝竜〟こそ強力だったが、奴はダンジョンを拡張する術《すべ》を持っていなかった。モンスターは溢《あふ》れてきたが、それだけだ。人の住む街や国が、一晩で森や砂漠に呑まれるといった危険はなかった。

ギルドマスターは語る。

「大陸南部――スノップス地方が危機に陥りそうだと連絡が入っている。貴殿らにはそこの調査を願いたい。何もなければ良し、だがもしも危険エリア拡大の兆候が見えたら、それを阻止してほしい」

危険エリア拡大の兆候。

すなわち、〝竜〟の目覚め。

「いつも通り、大陸冒険者ギルド本部からの依頼だ。ぜひ受けていただきたい」

この大陸に散らばるいくつものギルド支部を統括する、文字通りの母体だ。Ｓ級ともなると、本部から直々《じきじき》に依頼されることの方が多い。

それなら我々も本部のある国に住んだ方が色々と話が早いのだが――醜い種族と虐《しいた》げられるエルフなので居住許可が下りないのだった。この街ですら、防壁内には住まわせてくれませんし。

「……承知しました。お受けいたします」

「そうか！　助かる。ところで――」

　ギルドマスターはマコト様を見る。

　思わず私はぎくり、とする。この美女がマコト様に手を出したら、太刀《たち》打《う》ちできない。「ごめんルルゥさん、俺、やっぱりギルドマスターが良いわ」などと言われたら私はナイフで、

「アーシア殿が見当たらないが、貴殿たちだけで平気か……？」

　しかしギルドマスターは別の心配をしていた。彼女はマコト様に見とれていたわけではなく、私の隣にいるのが義妹《いもうと》じゃないことに不安を覚えたのだろう。

　早とちりでＮＴＲ展開を想像してしまった自分を恥じる。

「アーシアは休暇中です。しかしご安心ください。調査だけならば、私たちで十分です。万が一戦闘になったとしても、問題はないでしょう」

「フム……。そうか、わかった」

　ギルドマスターは納得したようだ。マコト様の情報はすでに確認していることだろう。

　そう、何の問題もない。私とマコト様だけでも。むしろ二人きりで嬉しいくらいです。いくらこの大陸が、一夫多妻が普通だといっても、人類に嫉妬心がないわけではありませんからね。

　では、とギルドマスターが書類を差し出した。

「オークの国、オクドバリーへ行ってくれ。この手紙を持ってな。そこの王に面会してほしい」

「面会？」

「オクドバリー王が直々に詳細を伝えたいとのことだ」

「つまり……」

「そう、そういうことだ」

〝竜〟の詳細は国家レベルの機密で、この仕事は秘密裏に進めなければならない。ということか。

その身体一つで国をいくつも滅ぼすことができる『災害』、その情報をみだりに民《たみ》へ知らせるわけにはいかないのだろう。

あるいは、外交の面で何かあるのだろうが――考えても仕方のないことだ。

それにしてもオークの国とは……。あの美女ばかりの土地に、私のような醜女が紛《まぎ》れ込むのはどうも気が重い。ていうか行きたくない。周りがみんな綺麗だから自分が死にたくなるのだ。ファーヴニルの精神汚染より酷《ひど》い。

どんよりとする私の心の内を知ってか知らずか、ギルドマスターは朗《ほが》らかに笑う。

「その仕事が片付くころには、上乗せ分の報奨金も用意できるだろう。もちろん、今回の依頼の分も含めてな。よろしく頼むぞ、『双烈《そうれつ》』！」

第四話　ここでヤっちゃおう

ギルドの館を出て、街を歩く私たち。

「あの、ルルゥさん、色々とわからないことがあったんですけど……」

とマコト様。

「つまり、新しい〝竜〟を倒しに行くってことですかね……？」

そうか。この方はつい先日冒険者になったばかりで、その辺のことは疎《うと》いのでした。

「はい。仰《おつしや》る通りです。でもマコト様、このことは他言無用です」

「あ、わかりました。こないだ言ってた、『〝竜〟に関する依頼は秘密にする』――でしたよね。一般市民に余計な不安を与えないように、とかなんとかで……」

「ええ。覚えていただいていたようで何よりです」

微笑む私。

遠い国から来たというこの方は、男性なのに、女のように賢い。殿方は『ただいるだけ』で尊《とうと》く、華があるのだから、頭の出来は重要ではないとされがちだけれど。

男性と話せるだけでも嬉しいのに、そのお方が優れた頭脳をお持ちだと、余計に楽しくなってしまう。

「そういえばルルゥさん、こないだ教えてもらった飛行魔術でわからないところがあったので、後で教えてくれませんか？　どうも速度と高度のバランスが取りにくくて……」

「あらあら。殿方はそんなこと覚えなくても良いですのに。でも、わかりましたわ。帰ったら、僭越《せんえつ》ながらアドバイスさせていただきますわね」

うふふ、と自然と笑みがこぼれる。嬉しい。楽しい。なんて素敵な時間なのだろう。殿方とこうしてお喋《しゃべ》りしながら街を歩けるだなんて。

――まるでデートのようですわ。

こういうのは、オークやゴブリンを代表とする美女だけの特権だと思っていたのに、エルフの醜女《しこめ》である私にこんな奇跡が起こるなんて。

だから、浮かれていたのだろう。

気付けば私たちは街の中央市場にまで出てしまっていた。

昼時だ。ひとも多い。そこへ私とマコト様が足を踏み入れれば当然――

「えっ、男!?」

「殿方だ……！」

「男の人、うそ、ほんとに？」

「あれ――このあいだも来た、黒髪のひとじゃない？」

あっという間に囲まれるマコト様。

この街には美人が多い。国でも王都に次いで大きな街だから、当然だろう。

私はといえば、例の『認識阻害』魔術が作用しているおかげで、変な『構われ』もなく、彼を囲む輪からあっさりと弾《はじ》き出された。

「あの、マコト様、ですよね？」

「新しく僧侶《クレリック》様になったという……」

「本当にエルフとパーティを組んだんですか⁉」

「もう儀式はしたんですか？　一晩は何回くらいするんですか？」

「えーと、はい、マコトです。若輩《じゃくはい》の身ですが、S級パーティの僧侶《クレリック》になりました」

美女に取り囲まれたマコト様は微笑みながら質問に答えていく。黒と紫の法衣に杖《つえ》という僧侶《クレリック》の格好も相まって、神の教えを伝える宣教師のようにも見える。

マコト様もきっと、綺麗な方々に囲まれた方が幸せでしょう。

そう思う私は、自分がなんてズレているのかも気付かずに――。

「…………」

醜女にふさわしい、卑《いや》しい自嘲《じちょう》の笑みを口の端《は》に乗せて、人垣から距離を置く。

美女たちにわちゃわちゃにされているマコト様。とても嬉しそうに――嬉しそうに――あれ、あまり嬉しそうには見えませんね……？

というか困っていらっしゃる？

こう――お腹《なか》とか腕とかをぐいぐいくっ付けられて、ちょっと引き気味でいらっしゃる？

あれ、一瞬だけ顔をしかめたのは、臭《くさ》そうにしている……？

何かを探すようにきょろきょろと視線を巡らせて――あ、目が合った。

「――ルルゥさん！」

呼ばれました。

名前を。

美男子が、美女たちに囲まれた中で、私の名前を呼びました。

なんか、すごい。

あの美女たちよりも私を選んだみたいで、とても気持ちが良いです。

マコト様は「失礼、すみません」と謝りながら美女の囲みをぐいぐいと突破して、

「ど、どこに行ってたんですか」

私に詰め寄るなり、困り切った顔でこう言いました。

「お願いですから、俺のそばを離れないでください」

…………。

……………。

……………………まあ。

思わず口を押さえる私。

「………………………なんて？」

「だから、俺を一人にしないでくださいよ。いくら皆さんに害意がないっていっても、あんな

大勢に囲まれたら怖くて……」

「でも、殿方は……」

「ここじゃ何ですからとにかく逃げましょう。移動しましょう。あの、俺の姿も消せますか？」

「え、ええ」

「やってください早く」

「は、はい」

二小節ほどの簡単な詠唱を行い、マコト様にも私と同じ『認識阻害』魔術を施《ほどこ》した。

再びマコト様を取り囲もうと、追いかけてきた美女たちが、一斉に驚きと落胆の声を上げる。

「男様は？」

「僧侶《クレリック》様はいずこへ？」

その喧騒を後にし、マコト様は広場を離れ、路地裏へと入っていった。

私の手を引いて。

私と初めて会った、あの路地裏へ。

☆

「びっくりしましたよもう。ルルゥさん、急にいなくなるんですから……」

ふぅ、とため息をついて、マコト様がそう仰る。

「そんな、私は良かれと思って……マコト様だって、美女に囲まれた方が良いでしょう？　こんな醜女と歩くより……」

　すると彼は、太陽がなぜ二つあるかわからないといった顔をして、

「…………あー…………………………そういうことですか」

　何かを納得した。

「ルルゥさん、まだ誤解してるんですか……」

「……何をです？」

「俺、あの人たちが美女には見えないんですって……」

「…………え、でも」

「俺はルルゥさんがいいんです。あの人たちに囲まれるより、ルルゥさんと一緒にいたい」

「まっ……」

　路地裏で、こんな狭いところで、マコト様の顔を間近で見ながらそんなことを言われたら、どうしましょう、子宮が疼《うず》いてしまいます……。

　――いやいや、ダメですダメです。冷静になりなさい私。

「ルルゥさん、あれだけ儀式したのに、まだ信じられないんですか……？　その、俺の、価値観が逆だって……」

「で、でも、だって……」

　と私も抗議。

「だってマコト様は、ギルドマスターに目を奪われていたでしょう？　あの美女を前にして、心を動かされていたでしょう？」

そうです。だから私はマコト様の『錯覚』が治ったのかと思ったのです。

しかし彼は「んん？？？？」と眉を思いっきりひそめて、

「ちょっ、ま、待ってください。それは誤解です。俺はあの人になんも――って、ギルドマスターって女性だったんですか……？」

「は……？」

思わず素《す》っ頓狂《とんきょう》な声を上げる私。

「男性だと思ってらしたの……？　あの美人を……？」

マコト様はしどろもどろになって、

「あ、いや、失礼だったな。そうだ、ここじゃそうだった。すみません。俺、昔の癖《くせ》で、てっきりギルドマスターは男性だとばかり……。それで同じ男に出会えたと思って嬉しくて……」

さらに続ける。

「俺の前世――じゃない、前にいた国じゃ、上長とか上司ってのはだいたい男がやるものだったんです。で、俺の会社――じゃない、組織にいた上司は、あまり良い人じゃなくて……。俺なんかしょっちゅう怒鳴られてましたし……」

「マコト様が、怒鳴られる……？？」

「だからその――ギルドマスターさんが男だと思ってたのもあるんですけど、あのひと、めっちゃ良い人だったじゃないですか。上長なのに、ちっとも偉そうじゃなくって」

「魅力的ではあります……。女性としても、人間としても……。私の姿を見ても、嫌な顔をしないし……」

「そう、それもあります。秘書の人や、他の冒険者はみんなルルゥさんを嫌な目つきで見てましたけど、でもギルドマスターは……『感謝する』って言ってくれたじゃないですか。俺、それが嬉しくて」

「嬉しい……？」

「だってそうでしょう？　ルルゥさんたちは、ギルドの一番偉いひとに認められて、褒《ほ》められたんです。同じパーティのメンバーとして、めっちゃ誇らしく思います」

マコト様はその言葉通り、誇らしげに笑った。

「この街の人も、ギルドの冒険者も、みんな知らないけど、ルルゥさんとアーシアちゃんはこの国を救ったんだって、俺は知ってますから」

その言葉に、私は何も言えなくなってしまう。声が詰まって、一言も発せなくなってしまう。

嬉しい。

心から、嬉しい。

「それをギルドマスターは知っていて、ありがとうって労《ねぎら》ってくれたんです。あんな良い上司は知りませんよ、俺。だから嬉しかったんです」

マコト様は、先ほどギルドマスターに見せたような照れた笑顔で、

「俺のパーティのルルゥさんは、めちゃくちゃ凄《すご》いんだぞって、嬉しくなったんです」

そう言ってくれた。

——ああ、もう……。

このひとは、どうしてこんなに、可愛いのかしら。

「マコト様っ！」

たまらなくなって、思わず彼を抱きしめた。私の胸に収まったマコト様は、もがもが言いながらも、私の背中に手を回してくれる。

「マコト様っ——なんて、ああ、私、大好き、大好きですっ！　マコト様がそんなふうに思ってくださっていたなんて……！」

溢《あふ》れる気持ちを抑えきれなくて、ぎゅうっと抱きしめる。今の彼なら多少力を加えても問題ないはずだ。

「好き、好きですっ、なんて可愛らしいの、なんていじらしいんでしょう、この殿方は——。ああ、たまりません」

彼の頬を両手で摑んで口づけをする。殿方にする無理やりなキス。乱暴なそれにも、しかしマコト様は応《こた》えてくださった。

本当に、どこまでも、優しくて、懐《ふところ》が深くて——。

私、もう——。

「ルルゥさん、だから俺……」

唇を離して、マコト様がすっと姿勢を正す。さっきまでは中腰で私に合わせてくれていたのだ。男らしい背の高さに、私は胸がきゅんとする。

マコト様が、私の頰に手を触れた。

「この街にいる誰よりも、ルルゥさんが綺麗だと思いますよ」

──だめ、もう我慢できない。

「えっ、ちょ、ルルゥさん──？　んむっ!?」

再びマコト様の唇を奪った。

もう我慢できない。

ここでヤっちゃおう。

第五話　路地裏でエロフに犯される

　えい、と彼の法衣の脇から手を入れる。

「この服、横から手を入れられるのエロいですわねふふーふ。フー！」

「え、ちょっ、エロいのはルルゥさんの手つきっ……！」

　マコト様が何か言っているが知らんぷり。法衣の下にあるシャツをめくって〝雄《お》っぱい〟と腹筋を撫でまくる。男らしい筋肉、たまりません。

　左手でマコト様の顎《あご》を摑んで唇は奪ったまま。右足で彼の足を引っかけて固定させ、そのまま私の右手は後ろからズボンに下りていきます。

「んむっ……？」

　殿方のお尻は固くて最高です。緊張しているのか、マコト様の筋肉がとっても膨張していますわ。ふふ、あちらの方も大きくなっているのではなくて？

　と、左足を股に入れたら予想通り♡　マコト様のおちんぽ♡　とぉってもご立派になってます♡

「んちゅ♡　マコト様……♡　いいでしょう？　こういうところでするのも……」

唇を離して尋《たず》ねると、腰が引けて身長差が逆転して眼下にいるマコト様が、ちょっとおびえた様子で「え、ええ……？」と声を震わせました。

まあ、かわいい♡

二〇〇歳も年下のオトコノコを襲うの、背徳感がすごいです♡

私はお尻を触っていた右手を引き抜いて、マコト様の勃起《ぼっき》したおちんぽをズボンの上からさすりさすり♡「うっ……」と呻《うめ》くマコト様を見下ろしながら、あまりの可愛さに三度《みたび》その唇を犯します。

「んちゅ♡　ちゅぱ♡　んちゅううう♡　れろれろれろれろ♡」

美女ばかりの街の、路地裏破廉恥行為《ロジウラ・ハメックス》、最高ですわ♡

キスをしながらマコト様の股間を愛撫《あいぶ》していると、だんだんと彼の抵抗も弱まってきました。

「ルルゥさん、興奮してるんですか……？」

はぁはぁ、と息を荒くしながらわかりきったことを訊《き》くマコト様。私は答える代わりに、自分のスカートを持ち上げてショーツをすぱっと片方だけ脱ぎつつ、窮屈《きゅうくつ》そうにしているマコト様のおちんぽを取り出すと。

彼と私の性器を、擦《こす》り合わせせました。

「うっ……！」

「ああっ……♡」

マコト様の竿《さお》が、私の濡れたあそこにぴたっ♡　とくっ付きます。殿方の美しい肉棒を、メ

スの卑《いや》しい我慢汁で汚すこの感覚……素晴らしいです♡

「どうですか、マコト様……？　私の愛液が、あなたのおちんぽ様を濡らしていますわよ……？」

「へ、変態ですね、ルルゥさん……！　俺のことなんだと思ってるんですか……！」

弱々しく抗議するマコト様が可愛い♡　あなただって、こんなに勃起してるくせに♡

「こんなところで襲われたら……」

「襲われたら？　なんです？」

「俺だって我慢できませんよ」

と、マコト様は私の身体を抱き上げて、路地裏の反対側の壁に押し付けた。

まあ♡♡♡

「やんっ♡　マコト様のえっち……♡　路地裏で女を逆に組みしだくなんて♡」

「どの口が言うんですか、どの口が」

はむっ、と唇を奪われる。なんて大胆♡　なんてイヤらしい殿方なんでしょう♡　えっちが好きな男の子って最高ですわね♡　でも――。

「だめです♡　マコト様はじっとしてらして？　私に任せてください♡」

くるりと身体を反転させて、再びマコト様を壁に押し付ける。彼は私の太った胸も好きなようだから、ぺろん♡　と乳房《ちぶさ》だけ露出して顔に押し当てた。すると、

「うおっ……！　ルルゥさんのおっぱい……！」

ほら♡　赤ちゃんみたいに吸い付いてくる♡　もう、可愛くって死んじゃいそう♡

「はぁい、マコト様♡　大好きなおっぱい吸いながら、おちんちん挿入《い》れちゃいますわよー？♡」

私は余裕ある女を装《よそお》いながら、彼のいきり立った陰茎《いんけい》を自分の蜜壺《みつつぼ》にぴたっ♡　と触れさせる。本当はぜんぜん余裕なんてない。息は荒いし、いますぐおちんちんが欲しくてたまらないおちんちんおちんちんマコト様のおちんちん♡♡♡

あっ♡

挿入《くわえ》たぁあ♡♡

マコト様のおちんちん、生で挿入《たべ》ちゃったぁ♡

「うっ……ぐっ……」

「はあっ……んぐっ……♡」

殿方のおっきなおちんちんを、私のあそこでにゅぷにゅぷと咥《くわ》え込んでいく。マコト様の背中はぴったりと壁にくっ付いて逃げられない。私は片足を上げて、まるで壁オナニーをしているかのように、マコト様の生肉ディルドーで膣内《ちつない》をほじり始める。

「んくっ♡　マコト様のっ♡　大っきぃ♡　ですぅ♡」

「ぐう、ルルゥさっ、そんなっ、急に深くっ……！」

「んあああっ♡　おちんぽっ♡　マコト様のおちんぽっ♡　二〇〇歳も年下の美少年おちんぽがっ♡　私のメス穴にっ♡　ぱっくり飲み込まれてっ♡」

「えっろ……！　ルルゥさん、おっぱい振り乱しながら俺のちんぽ使ってオナニーするの、めちゃくちゃエロいですよ……！」

ごつん♡　ごつん♡　と気持ちいいところに黒髪美男子の肉棒を当てていく私。もう凄《すご》い。何度もイっちゃってる。

というか、マコト様の手つきがイヤらしくて凄い。私のお尻や腰、背中を優しく愛撫して、びりびりとした快感を味わわせてくれる。私に犯されてるのに、私を一生懸命気持ちよくしようとしてくれている。

「ルルゥさんの膣内、どんどん締まってきてます……！　めちゃくちゃ気持ちいいですっ……！　なかトロットロで熱くて……！　目の前にはルルゥさんの感じまくってる顔があって、すげぇ興奮します……！」

殿方なのに、女が喜ぶ卑猥《ひわい》な言葉を口にして、私も嬉しくなってしまいます。

「マコト様っ♡　マコト様っ♡　マコト様っ♡　マコト様っ♡　マコト様っ♡♡♡」

一番大きな絶頂が来る。それに合わせて彼のおちんぽを使い、一番気持ちいい場所に導いた。

「イくっ♡　イきますっ♡　マコト様っ♡　私っ♡　イっちゃいますぅっ♡」

「いいですよ、ルルゥさんっ！　俺のチンポで、好き勝手に動いて、イってくださいっ！　俺も！　俺もイきますっ！」

私の膣内でマコト様のおちんぽがぐむむっと膨《ふく》らんだように感じた。タマタマ様で造精された豊かな子孫汁を、私の中に射出しようと予備動作を始める。

私の膣内は赤ん坊がお乳をねだるように、マコト様のおちんぽに精子をねだる。ぎゅうっと彼のおちんぽを締め付けて、一滴残らず搾《しぼ》り取ろうとする。子宮が下りてきてるのがわかる。彼の子供を肉体が欲しがっている。儀式セックスだから妊娠はしないのだけど、カラダはそれを理解《わか》っていないから、ただただこの美少年の遺伝子を逃すまいと搾精《さくせい》する。

頭が真っ白になる。マコト様のおちんぽが倍に膨れ上がったように感じられ、脳髄《のうずい》にばちばちと電撃が走る。来る。すっっっっっっごいのが来る。山深いエルフの森ですら容易《たやす》く飲み込んでしまうであろう巨大な津波が、私の小さな頭の中にせり上がって、矮小《わいしょう》な自分ごとざっぱーんと押し流す予感を覚える。いやもう予感だなんて悠長なものじゃないだって見えるもの。陽光もろくに届かない路地裏の暗がりの中で太陽を直視したかのような眩《まばゆ》さと稲妻の中に放り込まれたかのような甘く強い痺《しび》れの向こう側に、ほら、すっっっっっっごい波が、ほら――！

「イくっ！　ルルゥさんっ、中で出ますっ！」

「ああっ♡　んあっ♡　やぁんっ♡　ああっ♡　あああああっ♡　はあっ♡　んあああっ♡」

遠くからマコト様の声が聞こえた。その手前から聞こえてくる喘《あえ》ぎ声は私の口から出てるのかしら信じられないわ。その内側からどびゅどびゅるるるるるっー！　と若くて勢いのある射精音が響いてきて――これっ♡　これこれこれこれぇっ――♡

射精してる♡

射精されてる♡

搾精してる♡

男の子のおちんちんを絞《しぼ》りに絞《しぼ》って締《し》めに締《し》めて精液を搾《しぼ》り取ってるぅ――♡♡

「んあっあああっ♡　イっくぅぅうううううううううん♡♡♡♡」

ものすごい浮遊感。地面がなくなっちゃったのではないかと思うほどの消失感。私の小さな意識を快感の大波が飲み込んで粉々に砕いていく。飛行魔術なんて必要ない。飛びたかったら、おちんぽ一本あれば良い。

それくらい凄かった。搾精しながらの絶頂は。

ぼやけてた視界が徐々に輪郭《りんかく》を取り戻していく。体の感覚がゆっくりと再起動して、弓なりに身体を反《そ》らせていたのを認識する。絶頂後に脱力した私の足と身体を、マコト様は優しく抱き支えてくれていた。

「あうっ♡　んあっ……♡」

身体の芯から余韻《よいん》が収まらない。まだ身体の奥に、マコト様のおちんぽが挿入《はい》ったままだ。敏感になった私の肉体が、彼の肉棒のわずかな動きや、長耳に吹きかけられる吐息《といき》に反応して、甘イキをいつまでも繰り返してしまう。

「ああっんっ♡　しあ……わせ……♡」

思わず口からこぼれた言葉。それは紛《まぎ》れもない真実だ。だけど、

「俺もですよ、ルルゥさん」

そう返事を貰《もら》えたことの方が、もっとずっと、嬉しくて、幸せでした♡

☆

エルフの美女に壁に押し付けられて、犯されるようにしてセックスした。

俺に抱き着きながら「はぁ♡　ふぅ♡」と息を整えているルルゥさん。

いや凄かった。ルルゥさんは左足だけで立つと、もう片方の足を俺の横にある壁にどんと踏ん張るように固定させ、俺のチンポを手で持って、自《みずか》らアソコに招き入れた。そうして腰を振り続けたのだ。

いくら俺がお尻を抱えていたとはいえ、つま先立ちの片足だけでスクワットをしていたようなものである。女性らしい美脚からは想像もできないほどの筋力だ。これもS級冒険者のなせる業《わざ》か。

いや凄いな。レベルが上がるとセックスの技も増えるのか……。『セックスはスポーツだ』みたいなことを言っていた前世のモテ男女たちのことがちょっと理解できた……。

しかしさすがに絶頂した後は力が抜けたようなので、倒れないよう俺が支えました。俺の首にルルゥさんが手を回して、とろんとした瞳で俺を見上げています。

可愛い。そしてエロい。

「んあっ♡　マコト様……♡　おちんぽが、また……♡」

彼女の中に入れっぱなしの愚息《ぐそく》が再び元気になった。敏感なルルゥさんの身体がびくびくと震える。

よし、攻守交代だ。

俺はルルゥさんの身体を抱いたまま反転、再び彼女を壁に押し付けた。今度こそ俺が攻めるぞ。

「まだ大丈夫ですね？」

「っ！　ええ♡　ほんとにマコト様ったら、えっちなんですから……♡」

現代基準だと『デートの途中でいきなり路地裏に連れ込んでレイプした女の子に「今度は私が攻めるから」と言われている』ようなものなんだろうな。そりゃ「えっち」と言われても仕方あるまい。

「ええ、俺はセックス大好きですから。俺を襲ったルルゥさんが悪いんですからね。覚悟してください」

「まあ♡」

俺は左手でルルゥさんの顎を摑んでキスすると、右手で彼女の足を持ち、ピストンを開始する。対面立位《りつい》の姿勢だ。

「んんむぅ♡　んまうぅ♡」

俺と壁の間で、そして俺の真下で、ルルゥさんが俺に突かれながら甘い声を上げる。出会ってしばらくは目をつぶりながらしていたキスだが、いまは目を開けたままだ。相手の瞳を覗《のぞ》き込むようにしてやると、攻めてる感が増して良い。

「んんんっ♡　まっ♡　みゃことさまぁっ♡」

俺の首にしがみ付いてキスをねだってくるルルゥさん。うっとりとした、翠《みどり》色の綺麗な瞳が、涙を流して俺に攻められることを悦《よろこ》んでいる。

歯と歯が当たる。舌を交互に口の中へ入れる。涎《よだれ》はもうどちらのものかわからない。俺が『攻め』っぽく目を細くして彼女を睨《にら》みつけると、エルフのルルゥさんは瞳の奥底にかすかな怯《おび》えを滲《にじ》ませつつも、膣をきゅっと縮めさせて悦びを表現する。

「んあっ♡　とっ、殿方に攻められてますぅ♡　二〇〇歳も年下の男の子にっ♡　レイプされてるみたいっ♡」

ルルゥさんは義妹《いもうと》のアーシアちゃんほどＭっ気《け》が強くないものの、このシチュエーションはそれなりにそそられるものらしい。

俺はピストンとキスを続けながら、首元のボタンを取って僧侶服の前垂れを外し、上半身の前だけでも露《あら》わにした。ルルゥさんも察したのか、同じように自分の胸元を開けさせる。俺たちは露出した肌と肌を密着させて抱き合った。

「マコト様のおっぱいと♡　わたくしのおっぱい♡　こすれて♡　気持ちいいですわっ♡」

はぁはぁと息を荒くし、俺に突かれながら囁《ささや》くルルゥさん。

「マコト様のぬくもりを感じますっ♡　ああ、これ、好きぃ♡」

ピストンのスピードを緩《ゆる》めて、円を描くように、かつ、ゆっくりと彼女の中をかき回した。

ルルゥさんの膣内がぎゅむぎゅむと蠢《うごめ》いて、俺の肉棒をマッサージし続ける。

「あっ？♡　マコト様っ♡　それっ♡　優しくって♡　変になっちゃっ――ふあああああっ♡」

つま先立ちの片足と折れそうなほど華奢《きゃしゃ》な身体をびくびくと震わせて、金髪爆乳美女エルフが絶頂する。

キスをして彼女の目を覗くと、瞳が上に寄って明後日《あさって》の方向を見ていた。ルルゥさんの上唇を甘噛みして、「こっちを見ろ」と指示してみる。

「んっ――!?♡」

絶頂の浮遊感から戻ってきたルルゥさんが俺を見る。

俺は彼女を睨むように見下ろして、『二〇〇歳も年下の男の子がレイプ』するイメージで囁いた。

「ルルゥさん、どこまでエッチなんですか？　俺みたいな若い男をこんなところに連れ込んだのに、一人でイったりして……。恥ずかしくないんですか？」

俺の攻めに、ルルゥさんの目がわずかに反抗の色を浮かべる。アーシアちゃんだったら「ごめんなさいぃぃぃぃ」と屈服ドM謝罪をするところだろうが、ルルゥさんは「ムッ」としたご様子。

「そっ――そんなことありません！♡　マコトくんの方が、え、え、えっちじゃ、ありませんか……！♡」

うわ語尾にハートマークつけたまま抗弁するお姉さんマジ可愛い。ていうか膣がぎゅうぎゅうに締まってるし、子宮も下りてきて俺の亀頭に当たってるんですけど。

楽しくなってきた俺はにやにやと笑いながら、

「えー、本当ですかー？　じゃあ俺が思いっきり攻めても、ルルゥお姉さんはイったりしませんかー？」

「ルルゥお姉……！　なにそれすごくいいとてもすばらしいわさいこうすぎますはなぢでそう」

小さな声かつ早口でごにょごにょ言うルルゥさん。何らかの琴線《きんせん》に触れたらしい。

彼女は「きっ」と俺を見上げると、

「も、もちろんですわっ……！　マコトくんみたいな男の子が、私をイかせられるものなら、どうぞやってみてください♡」

さっきからさんざんイきまくってるような気はするが、それはそれ、これはこれ。

「へぇ……じゃあ、思いっきり攻めますよ？　いいんですね？　思いっきりやりますからね？」

「ふぇ♡　お、思いっきり……？」

「ビビってます？」

「びびびびってていませんわ！　さ、さぁ、ルルゥお姉さんをイかせられるものなら、やってみてごらんなさい！」

「わかりました。じゃあ――」

と、俺はルルゥさんのもう片方の足に手を触れる。

「しっかり摑まっててね、ルルゥお姉さん♡」

「え？　――んはあんっ♡」

　俺はひょいっと彼女の両足を持ち上げて、ピストンを再開した。いわゆる『駅弁』の体勢だ。

　少し前まで童貞だった俺がこんな性技《せいぎ》を身に着けているのはもちろん職業《ジョブ》の影響。僧侶《クレリック》とは、人間を愛することに長《た》けたクラスなのだ。

「んあっ♡　なっ、なんですのっこれぇ♡　すごいっ♡　すごくっ♡　深いところまでっ♡　入ってきてますぅ♡」

「ルルゥお姉さん、俺の腰に足を回して？　そうそう。ぎゅっとね。俺はお尻を持ってあげるから――ほら、密着度すごいでしょ？」

「はああんっ♡　すごいぃぃっ♡　これっ♡　これぇっ♡　すごいですぅぅ♡」

　ルルゥさんは抜群の脚力と腕力で俺の腰と首にしがみ付く。俺はちょー軽い彼女の身体をお尻と背中で支えて抱き締める。そのままじゅっぽ♡　じゅっぽ♡　とピストン続行。

「んあっ♡　そんなっ♡　深くまでぇ♡　ああっ♡　んああっ♡」

「ルルゥお姉さん、軽いから抱きかかえやすいね♡　でもほら、俺がちょっとでも力を抜いたら――」

　ずるっ。とルルゥさんの身体がわずかにずれ落ちて、
　がつぅん♡　とルルゥさんの奥の奥に俺のチンポが突き立てられる。

「ひぃあああっ♡」

　びくびくー♡　と身体を震わせるルルゥさん。この体勢にしてからもう何回もイってるっぽ

い。けれど、

「あれー？　ルルゥお姉さん、もしかしてイっちゃったの？　俺まだぜんぜん動かしてないのに？　たった十七歳の男にイかされちゃった？　それでもお姉さんなの？」

「いっ♡　イっ♡　イってまままませんわよっ♡　イったりなんか♡　するもんですかっ♡」

女騎士みたいな台詞《せりふ》を連発するエルフさん。

「マコトくんこそっ♡　おちんちんがばくばくしてますわ♡　そろそろ精液をびゅーびゅーってしたいんじゃないですの？♡　お姉さんの膣内にっ♡　オトコノコの未熟な精液っ♡　どびゅどびゅって射精したいんじゃないのかしらっ？♡」

ルルゥさんは俺に抱かれながら、ふふん、と強気な姿勢で俺を見上げてくる。可愛いー。イきまくってるくせに強がるエルフちょー可愛いー。

「へー、じゃあ俺がもっと攻めても大丈夫なわけですねー？　おねえさん？」

「え、ちょ、まだヤる気――あひぃぃぃんっ♡」

ずぱんっ♡　と思いっきり腰を突き上げてやったら、獣みたいな鳴き声を上げた。

「ちょっ♡　待っ♡　ひぃぃぃんっ♡　おおぉんっ♡　待ってっ♡　イっ♡　イっ♡　ったりしませんけどっ♡　おほほぉぉぉっ♡　おぼぉぉぉぉっ♡」

俺は壁から離れ、壁にもたれかけさせていたルルゥさんを完全に浮かせて、「ちょっ♡　まっ♡」それから彼女の尻から手を離し、「落ちっ♡　んほぉぉっ♡　深っ♡　これ深いっ♡」

再び尻を摑んで好き放題に打ち付けた。

ぱちゅんっ♡　ぱちゅんっ♡　ぱちゅんっ♡　ぱちゅんっ♡　ぱちゅんっ♡　ぱちゅんっ♡　ぱちゅんっ♡　ぱちゅんっ♡　ぱちゅんっ♡　ぱちゅんっ♡

「きゃあっ♡　んきゃっ♡　きゃんっ♡　おぼぉっ♡　ひぃぃん♡　まっ♡　イっ♡　イっちゃ♡　こわれちゃっ♡　しきゅう潰《つぶ》れっ♡　んあああおおおっ♡♡♡」

しがみ付くルルゥさんの膣内はもうぎゅっぱぎゅっぱと収縮を繰り返しまくっている。あそこからはイキ潮が出て俺の股間を濡らしているし、身体中痙攣《けいれん》しっぱなしだし、俺が瞳を覗き込んでも焦点が合わない。

「どうしたんですかっ！　おねえさんっ！　こんな若造にっ！　いいようにオナホ扱いされてっ！　感じてるんですかっ!?」

「きゃうんっ♡　んきゃっ♡　きゃんじてっ♡　きゃんじてなんかっ♡　おりませんんっ♡　ひぃんっ♡　ああんっ♡　だめっ♡　そこだめれすっ♡　まことぎゅんっ♡　そこわぁ♡　んあああああああ♡♡♡　んはぁっ……んきゃんっ!?　まっ♡　まって♡　いまはだめれすっ♡　いまは♡　きゃうんんっ♡」

「犬みたいな声を出して恥ずかしくないんですかっ！　どうして今はダメなんですっ！　言ってください！　ちゃんと『だめな理由』を俺に言ってくださいっ！」

「きゃぃんっ♡　いいますっ♡　いいますからとめてっ♡　またイっ♡　イイますっ♡　イイますっ♡　イいまっ♡　イっ♡　イっ♡　イってるからですぅ――!!♡♡♡」

俺に抱き着いたまま、ルルゥさんが泣きながら絶頂した。絶頂しながら絶叫した。絶叫しながら敗北を認めた。

俺はわざとへらへら笑いながら、

「へー？　イっちゃったんですかー？　本当ですかー？」

それでもピストンは止めない。

ぱっちゅん♡　ぱっちゅん♡

「きゃひぃぃぃんっ♡　イいましたっ♡　イっちゃいましたっ♡　イっちゃったって言いましたっ♡　イってますっ♡　イってるからもう♡　イってるからとめっ――らめぇぇぇっ♡♡♡」

舌を出して、アへ顔を晒《さら》しながら、俺に許しを請《こ》う金髪爆乳エルフさん。

ご本人の言う通り、めちゃくちゃイってるらしい。

よし、楽しめた。じゃあ俺も……。

俺はピストンを止めて、ルルゥさんを抱いたまま優しく訊く。

「ルルゥお姉さん、自分だけイきまくってたんですね？」

「はっ――はい……。マコトくんのおちんちん、とっても気持ち良くて……♡　わたくし……二〇〇歳も年下の男の子に……イかされました……♡　生意気なことを言って……ごめんなさい……♡　んはあっ♡　あっん♡」

ルルゥさんはイきまくった余韻が抜けないのか、瞳をとろとろに蕩《とろ》けさせたまま素直に敗北を認めた。

「ショタに敗北宣言するの……癖《くせ》になりそう……♡」

新たな扉が開かれた気もする。ショタではないが。

「さすがお姉さん。ちゃんとごめんなさいできましたね」

俺は「えらいえらい」と頭を撫でた。

「あっ♡　うぇへへ♡　繋がったままヨシヨシされるの……たまりません♡　しかもこんな年下の男の子になんて……♡」

でれっでれの笑顔をくれた。

「それじゃあご褒美《ほうび》です」

「ご褒美……？♡」

「俺の精液、お姉さんの中にたっぷり出してあげますね？」

「っ！　はいっ！　出して、出して！　マコトきゅんの精液っ！　若くてぷりぷりして活《い》きの良いショタ精液っ！　お姉さんの膣内《なか》にたっくさん出してぇっ！♡」

ぶんぶんと首を上下に振るルルゥお姉さん。すごい。なんかすごい。ショタプレイだと、こんなに膣内射精を求められるものなのか。

「マコトきゅんっ♡」

興奮したルルゥさんが俺にキスをしてくる。俺はそれに応じながら、ピストンを再開した。

「んんんっ♡　マコトきゅんマコトきゅんマコトきゅんマコトきゅんっ♡　可愛い可愛い可愛い可愛いっ♡　マコトきゅんの精液っ♡　お姉さんの中にたっぷり注いでっ♡　男の子の白濁子種汁をっ♡　お姉さんがぜんぶ吸い取っちゃうからっ♡　ああんっ♡」

喘ぎながら俺に射精を求めてくるルルゥお姉さん。彼女は次第に、俺に絡《から》み付けた足を支えに自分から腰を振り始めた。もはや俺が動かなくても良いほどだ。まさに搾り取ろうとする動きである。

「マコトきゅんっ♡　わたくしまたイきそうっ♡　またイってもいいっ？　お姉さんっ、マコトきゅんのおちんちんでっ♡　マコトきゅんの射精でっ♡　またイっちゃってもいいっ？♡」

「はいっ！　いいですよ、ルルゥお姉さんっ！　俺も一緒にイきますっ――！」

「ええっ！　ええっ！　一緒にイきましょっ！♡　んあぁっ♡　イくっ♡　イくイくイくイくイくイくイくイくイっ――――くぅうううううんっ♡♡♡」

どびゅるるるるるるー!!　どぽぽぽぽぽぽぽぽぽっっ!!

駅弁の姿勢で、絶世の美女エルフに膣内《なか》射精《だし》した。露わになった白い乳房が潰れるほど押し付けられて、赤く染まった長い耳は官能に震え、金糸《きんし》のような髪がさらさらと揺れる。

「あっ――♡　マコトきゅんの精液っ♡　出てるぅぅぅ♡」

「ううっ、ルルゥお姉さんっ、締めすぎっ……！」

どくどくどくーっ！　びゅむむむっ！

「キスしましょ♡　キスして♡　マコトきゅん♡　お姉さんとキス♡　キスキス♡　んちゅ♡」

「んちゅっ!?　んん……ぷはぁ。んちゅう。ルルゥお姉さん♡」

俺の首にしなだれかかるルルゥさんが、「キスぅ♡」と連呼しながら俺の唇を貪《むさぼ》り始める。

下半身はもちろん繋がったままで、俺の金玉にはルルゥさんの愛液が滴《したた》り落ちて、ルルゥさんの膣奥には俺の精液が注がれ尽くされているだろう。

最後の一滴まで出し切った、そう思えるくらいの射精の後。

「あっ――マコト、様……♡」

ルルゥさんの目から獣欲が薄れていって、俺から身体を離して、片足を地面に着けた。

同時に俺のチンポが引き抜かれ、ごぽぽ♡　たらーっ♡　とルルゥさんのアソコから精液と愛液が零《こぼ》れ落ちてくる。

「はう……♡　たっぷり搾り取ってしまいましたわ♡」

ルルゥさんが精液を指で掬《すく》い、その綺麗な口で舐《な》めとった。

「ん♡　美味《おい》しい♡　マコト様、ありがとうございました。とぉっても気持ちよかったです♡」

「俺も気持ちよかったです、ルルゥさん……」

射精して一気に疲れが出たのか、尻丸出しのまま座り込む俺。情けなし。

「あら、大丈夫ですか？　はい、どうぞこちらに」

と、ルルゥさんが布を広げてくれた。い、イケメン仕草～～。

「すみません。こういうのは男がやるべきなのに……」

「まあ。こちらでは女がやるものですわ。うふふ」

そっか。こういう価値観も逆転してるんだった。

俺たちは広げられた布に座って、肩を寄せ合う。二人とも脱いだ服はそのままだ。上半身はほぼ裸だし、下半身も陰部は丸出し。

路地裏で、セックスしたままの乱れた着衣で、想い人と肩を寄せ合う。

それは何というか、素敵な体験だった。

「うふふ♡　こういうのも、悪くありませんわね♡」

「そうですね。悪くありません。むしろ良いです」

二人で微笑み合って、キスをした。

「あの、マコト様……？」

「はい？」

「良かったら……また、ルルゥお姉さんって、言ってくださいませんか……？」

「…………」

相当お気に召したらしい。

俺はこほんと咳払《せきばら》いをして、彼女の長い耳に口を寄せた。綿毛を飛ばすように、そっと囁く。

「……ルルゥお姉さん」

「はう♡」

ぴくん、と震える細い肩と耳が可愛らしくて、もう少しサービスしたくなる。

「るるぅお姉ちゃん♡」

「んはぅっ♡　破壊力すごすぎですわぁ……！　〝竜〟すら殺せますわぁ……♡」

びくびくするルルゥお姉ちゃん。

こんな可愛いお姉さんなら——アリですね!!

と思ったのが伝わったのか……。

「マコトくん……。今度は……♡」

エルフさんが俺を布に押し倒した。おや？　ルルゥさんの様子が……？

「ちゃんと寝ながら、ぴゅっぴゅ、しましょうね♡」

まだまだ『ショタとお姉ちゃんプレイ』を楽しみたい様子だった。

まぁ――アリですね!!

それから暗くなるまでめちゃくちゃ路地裏《ロジウラ》ックスした。

第六話　オークの国

数日後。

「うぉ……でっか……！」

思わず俺は呟《つぶや》いた。いや、違います。ルルゥさんの胸じゃなくて。ルルゥさんのおっぱいは確かにめっちゃデカいけどそれを言うと怒るので違います。

デカいのは、オークの国だ。

正確には、王城を囲む防壁——城壁のことだ。

喧騒のなか、俺は広場から、遠くに見えるそれを眺めて呆然と呟いた。デカい。東京タワーかスカイツリーくらいデカく見える。とてもファンタジーな異世界にあるとは思えないほどの巨大さだ。

もっとも、ファンタジーな異世界だからこそ、余計にデカく見えるのかもしれないが。他に大きな建物がないからね。

「当然です、マコト様。ここは大陸で最も進んだ近代国家なのですから」

ぷるん、とこちらもでっかい胸を弾《はず》ませて、ルルゥさんが俺の隣に立った。思わず視線がそちらを向いてしまう。

デカい。マントで隠れているのに、その下から主張してくるルルゥさんのおっぱいは、優に一〇〇センチを超えている。隠しきれるものではないのである。

ましてや俺に備わった職業《ジョブ》の力――僧侶《クレリック》の目を以《もっ》てすれば、いくら魔術式が施《ほどこ》された強固な外套《マント》であろうとも布切れ同然。その下で窮屈そうにブラジャーに包まれたアンダー六〇センチ、トップ一〇五センチのはち切れんばかりの爆乳をこれでもかと「マコト様？」はい。

「どこを見ていらっしゃるのです？」

ルルゥさんの胸元から顔を上げて、不思議そうに首を傾《かし》げている彼女の目を見た。

「ごめんなさい、つい……」

「ああ！　胸……ですか。いえ、殿方ならお腹《なか》を見るだろうに、なぜか視線がちょっと上だったので不思議で……。そうでしたわね」

くすり、とフードの下でエルフが笑う。

「マコト様は『胸が好き』な特殊なお方、でしたわね」

特殊性癖《せいへき》な持ち主扱いされてしまった……。いやまあ、この世界ではそうなんだろう……。

それにしてもおっぱいが苦しそうだ。日本でも、着物を着るときはサラシか何かで胸を潰《つぶ》すらしいけど、『胸が大きいことがデブになる』この世界でも似たようなものなのかもしれない。

可哀そうに……。俺は潰されるおっぱいと、デブ扱いされてしまう巨乳さんたちを憐《あわ》れんだ。

「あの……マコト様？　なぜ胸に向かって両手の掌《てのひら》を合わせるのです……？　なにかの術式で

すか……？」

「いえこれはすべての巨乳へ哀悼《あいとう》の意を表しておりまして」

「意味がわからないのですが……私まだ死んでおりませんし……」

「胸が窮屈そうだな、と……」

「マコト様？　それは侮蔑《ぶべつ》にあたりますが？」

「あっ、そっかごめんなさい！」

こっちだと『スカートのボタンが窮屈そう』って意味でしたね！　デブ扱いしてしまった！

「まったくもう……。私だって苦労しているのです。いくら食べてもお腹じゃなくて胸に脂肪が付いてしまうのですから……。はぁ、邪魔なことこの上ない」

自分のおっぱいを恨めしそうに見下ろしながら、ぽにゅぽにゅ、と下から持ち上げるルルゥさん。眼福《がんぷく》すぎる……。あとそのセリフは日本だと自慢です……。

「邪魔そうですが……邪魔そうですね……邪魔そうです……」

知らず、俺は凝視《ぎょうし》してしまう。

「…………………」

ちら、とマントの前を開けるルルゥさん。シーフである彼女は胸に防具を着けていない。ていうか胸が大きすぎて合うものが少ないらしい。鍛冶師も作ってくれないようだし。だからシャツからぱつんぱつんになった爆乳がくっきりと見える。その下の胴部分には防具を着けているので、潰していても強調されてしまう。ぱつんぱつんである。今すぐ解放して差し上げたい。

「…………………」

はらり、とマントの前を閉じるルルゥさん。あっ……。隠れちゃった……。

「…………マコト様」

「…………はい」

胸元から視線を上げる。ルルゥさんと目が合う。さっきもやったなこれ。

「うふふ、ちょっと面白いですわね」

ルルゥさんが楽しそうに笑った。この反応――価値観が逆転しているこの世界だと、『肥満の男のデブ腹をいやらしい目で見る女』――なのかもしれない。それは確かに変だな……。

「マコト様がそんなに熱い視線を注いでくださるのなら、私のこの肥えた胸も切り捨てなくて良いかなと思いますわ」

それを捨てるなんてもったいない！　ていうか胸を切るとか！　スライム娘とかアマゾネスじゃないんだから！

「痛いのはなしで！」

「冗談ですわ」

うふふ、と笑うルルゥさん、可憐《かれん》。

かと思えば、ばっ、とマントを開けて胸を前に突き出すルルゥさん。

俺は知らずに「くわっ」と目を見開いてそれに釘付けになってしまう。

「ふふふっ、もう、マコト様ったら」

それを心底おかしそうに彼女は笑う。

「うう、遊ばないでください……」

「反応が面白いんですもの。新鮮ですわ。——なんでしたらここで、挟んで差し上げても？」

蠱惑《こわく》的な目を向けてくる爆乳エルフ美女に、俺は理性を総動員して首を横に振る。

「それは魅力的な提案ですが、さっきから一歩も前に進んでないので辞退します」

「あら。残念です」

彼女の豊満な胸について、もっと語りたいし挟んでもほしいが、話が進まないのでまたの機会にする。

「えっと……城壁が大きいのは、ここが近代国家だから、でしたっけ」

俺が話を戻すと、ルルゥさんもマントを閉じて胸を戻した。残念です。

エルフの彼女は「ええ」と頷《うなず》いて、

「オクドバリー王国。ここ、王都はオクドバー」

わずかにフードを持ち上げた。

「最も優れた美しさを持った種族の一つ、オークの国ですわ」

☆

オークの国は、森の中にあった。

森を大きく切り拓《ひら》き、広大な都市を形成していた。

この世界では、オークは美形である。

オークの国だから、ほとんどオークしかいない。

ゆえにここは、美形しかおらんわけである。

さらにこの世界では、『美しさ』こそ強さ。ついでにオークは腕力も魔力もあるから美だけでなく武にも優れている。

オークが最強なのである。最強の種族が住む国なのである。そんなもん、たとえ森の中にあったとしても近代国家なのであった。

ファンタジーらしい超巨大な大木がそこかしこに生えてる原生林の中に突如として現れるファンタジー近代国家。

オクドバリー王国。

ここはその『港』である。とはいっても、海に面してはいない。

俺たちはルニヴーファの自宅から、転移結晶でここまで飛んできた。いま立っているこの『広場』は、転移魔術でやってきた者たちのための『転移港』だ。

この世界は転移魔術による移動手段が発達しているので、一度に大量の人間が訪れる場所はめっちゃ広く作ってある。オンラインゲームにおけるロビーや集会エリアのようにだ。テレポート用の港。それが転移港。

もうめちゃくちゃ広い。迷わないように区画ごとに分かれているが、港の端から端まで見えないくらい広い。ここら辺は個人旅行客専用の区画らしいからそれほど窮屈さは感じないが、貨物輸送用の区画は、広場を抜けて外壁の向こうに広がる原生林まで荷車渋滞が続いているらしい。ファンタジーの世界でも渋滞ってあるんだ……。なんか嫌だな……。

周囲には冒険者や旅行客が行き交い、通路には露店もたくさん出ていて、非常に活気がある。もちろん女性ばっかり。それも、おじさんみたいな人ばっかりだ。むしろオークが多い分、オジサン度は上がっている気がする。

そのせいか、少し匂いがキツイ。ワキの匂いとスパイスの香りが入り混じったような、独特のものだ。国全体がこういう香りなのだろうか。

「あら」

魔術で浮かぶ案内表示を見て、隣に立つルルゥさんが感嘆の声を上げた。

「さすがはギルドマスターの用意した結晶《チケット》ですわね。王城からかなり近いです」

「え、王城って、あの壁の中ですよね。遠くないですか？」

歩いて一キロくらいありそうですけど。

「あまり近くに転移されてしまうと、城の守りに影響が出ますでしょう？　一般客でしたらこの辺が一番近いのです」

「ああ……なるほど」

王国政府の要人はそうではないでしょうが、とルルゥさんは続ける。

「どこにでも転移できるわけじゃないんですね」

「ええ。場所を記録しなければいけませんから。そしてたいていの場合、城や砦《とりで》、街といった場所は、転移魔術を阻害する簡単な結界が張られています。あえて結界に穴を開けているのが、この港の位置ということです」

「転移した先の物体や人間と重ならないよう、上手《うま》いこと魔術を組んであるんですね」

「その通りです。この術式が開発されてからしばらくは、そういう『くっついちゃう』事故もあったみたいですが、今はほとんどありません」

『壁の中にいる』ってやつか……。怖っ……。

それにしても、とこちらを振り向くルルゥさん。

「マコト様は殿方なのに、ほんとうに賢いですね。お姉さんはびっくりです。えらいえらい♡」

よしよしされる。うーん、子ども扱いはしっくりこないけど、背伸びした金髪爆乳エルフさんがにっこにこしながら頭を撫でてくるのは抗《あらが》えないー。絶妙な身長差（俺がちょっと高い）によってルルゥさんの爆乳が俺の目の前で震える震えるー。

そしてルルゥさんはからかっているわけじゃなく、マジで褒《ほ》めてくれているようだった。あー、男はそういう扱いなのかー。「きみは隣で笑ってればいいから」ってやつね。

「さぁ参りましょう。私、実は先ほどから結構死にたくなっておりますので。周りにこうも美女が多いと……いなくなりたいですわね……消えたい……ナメクジになりたい…………」

言いながらどんどん表情が暗くなっていくルルゥさん。やばいやばい。

「い、行きましょうルルゥさん。さぁさぁ」

俺はルルゥさんの手を握って歩きだす。

「まあ♡　はい、参りましょう」

手を握り返したルルゥさんが嬉しそうに笑う。

――大丈夫、かな……？

手に伝わるぬくもりを感じながら、ちょっと心配になる。

昨日は、あまり気が乗らない様子だったけど。

さっきと同じように、『あんな美人ばっかりの国に行くなんて…………死んだ方がマシですわ…………』とか言ってたけど。

そのあと『お願いします。私に自信をくださいまし。いえもっと正確に言うとおちんぽをくださいまし。ヤらせてマコトきゅん!!』とか言って襲われたけど。

でも、いつもは朝まで止まらないのに、昨日は夜明け前で『スヤァ……』と寝ちゃったんだよな。不安を取り除けたってことだから、それ自体は喜ばしいのだけど。実際、朝起きたときは何ともなさそうにしてたし。

ふわ、と風が吹いた。

「マコト様、こちらですわ」

いや、ルルゥさんが俺を追い越したのだ。それが風のような足取りだったから、そう錯覚したのだろう。

――格好いいな……。

軽やかに進むエルフの背中を見て、そう思う。歴戦の勇士。大陸最高峰の冒険者。そんなオーラが垣間《かいま》見えた――気がした。

――ひとの心配より、自分の心配だな。

そうだ。ルルゥさんはS級で、はちゃめちゃに強い冒険者。一方の俺は弱っちい新人。彼女《リーダー》の足を引っ張らないようにしなければ。

気持ちを切り替える。

新しい職場に来たときのような心持ちで行こう。先輩の言うことをよく聞き、真剣に、でも固くなりすぎないよう適度にリラックスして仕事に臨《のぞ》む。

――オークの国か。

この世界での、美女の国。

トスエスガの街の広場やギルド館での出来事――大柄なおじさんみたいな女性に揉《も》みくちゃにされた思い出――を反芻《はんすう》しながら、思う。

――どうか、あまりモテませんように…………。

まさかそんな心配をする日が来ようとは、夢にも思わなかったよ――と、何度目かの感慨《かんがい》を抱くなどした。

☆

十五分ほどで城壁にたどり着いた。

ルルゥさんの施してくれた認識阻害魔術のおかげで、『美女』の皆様に囲まれることはなかった。助かった。マジで。

城壁にはいくつか門がある。俺たちが向かったのはその一つで、主《おも》に『王政府』へ用事があるものが使用するらしい。

俺たちは大陸冒険者ギルド本部から直接依頼を受けている。オークの王へ会う約束も、ギルド本部が取り付けているはずだ。

門を守る衛兵（女性オーク）に手紙を見せると、しばらくして詰め所から別の人物が現れた。

豚のような頭に、緑色の肌を持った、身長二メートルくらいの、オークの大女さんである。

胸と股間だけを布で隠し、筋骨隆々《きんこつりゅうりゅう》な腕や足は毛むくじゃらで、でっぷりと飛び出たお腹を誇らしげに見せつけ、動物の頭蓋骨《ずがいこつ》を使ったアクセサリーで全身を飾った——美女（異世界判定）だ。

彼女は俺たちの前まで歩いてくるとにっこり笑顔で、

「ようこそ、オクドバリーへ！」

と挨拶《あいさつ》してくれた。

「私は近衛兵《このえへい》のオードリーと申します。国王からの指示であなた方をお迎えに上がりました」

満面の笑みでそう仰《おっしゃ》るオークのオードリーさん。名前と見た目のギャップにくらっとする。

「歓迎いたします、『双烈《そうれつ》』の皆様。どうぞこちらへ」

皆様などと言いながら彼女は俺しか見ていない。俺の隣にはエルフのルルゥさんがいるのだが。認識阻害魔術はすでに切っているはずなのだが。

——いないもの扱いか。

あまり気分の良いものではない。

しかしルルゥさんは慣れているのか、特に反応も示さずにオードリーさんの後をついていく。

俺も続くと、ルルゥさんが振り返って囁《ささや》いた。

「今日は愛想が良いです」

「誰のです?」

「あの近衛兵、前回会ったときは喋《しゃべ》りもしませんでしたから」

それでいったいどうやって交流したのだろう。

「みんなと一緒ですよ。顎《あご》で示すんです」

「……なるほど」

「マコト様がご一緒してくださると、話が早くて助かります」

「……それは何よりです」

にこにこ笑うルルゥさん。

釈然としないなぁ。

☆

城門を通り、豪華な馬車に乗せられ、進むことさらに十分ほど。

オクドバリー城。

謁見《えっけん》の間《ま》。

レンガの床に赤絨毯《あかじゅうたん》が敷き詰められた大広間に連れてこられた。

儀礼の手順は事前に教わっている。俺は顔を下に向け、王様を直視しないように前へ進む。

『双烈《そうれつ》』――ルルゥ・ワイルズ・ワードリット、ならびにマコト・チェネレプレイト。大陸冒険者ギルド本部の命《めい》により、参上いたしました」

片膝《ひざ》をついて頭を下げたままそう告げるルルゥさん。俺も隣で同じ姿勢をとる。

「ご苦労。面《おもて》を上げよ」

「はっ」

ルルゥさんにならって、顔を上げる。

「よくぞ参った。ルルゥ、そしてマコトとやら」

オークの王、オクラル・ララエル・オクドバリリン三世が、玉座《ぎょくざ》にどっかりと腰を下ろしたまま、俺たちを労《ねぎら》った。

王は、女王だった。言われてみればそうだ。この世界は女性が強いのだから。

うん。女王……だと思う。見た目からは判別がつかないけど、胸を隠しているし、職業《ジョブ》――僧侶《クレリック》の影響《ちから》でなんとなくわかる。

さっきの近衛兵、オードリーさんよりさらに身体がデカい。三メートルくらいありそう。服装で豪奢《ごうしゃ》なのはマントだけで、あとはほぼ半裸だった。やはり頭蓋骨のアクセサリーに、重そうな王冠。ビキニアーマーは王の趣味だろうか。それともあれが正装なのか。

威圧感が半端《はんぱ》ない。オークという種族ゆえか、全身むっきむきで、膨《ふく》らんだ腹も脂肪の下にはたっぷりと筋肉がついていそうに見える。『魔王』と言われても驚かない。これが普通のファンタジーな世界なら、少なくとも『四天王の一人』に入ってそうである。

とりあえず殴り合いじゃ絶対に勝てないだろう。オスとかメスとか関係ない。男女差などないに等しい。自分と、この方が、同じ『人類種族』というカテゴリーに収まっているのも納得できない。なにせ体長三メートルの巨人である。頭を鷲掴《わしづか》みにでもされたならトマトみたいにぷちゅっと潰されそうだ。

――これが、大陸最強種族の『王』……！

畏怖《いふ》と恐怖が入り混じった目でオラクル王を見上げる俺。

すると彼女は、俺をじろりと睥睨《へいげい》し、「ほう」と感嘆の声を上げた。

「男を連れているのか、ルルゥ。上手《うま》くやったものだな？」

愉快そうに笑う王様。

「は。幸運が重なりました。私にはもったいないほどの――」

「では私が頂こうか？」

「い、いいえ、陛下。お戯《たわむ》れはおよしください……」

「はっはっは。貴様がオクドバリーの国民であったなら初夜権も行使できたろうに。惜しいものだ」

「お、お許しを」

王の言葉に、ルルゥさんは平伏している。震えながら。

初夜権……。権力者が、新婚夫婦の嫁や旦那と、結婚相手より先に交《いと》われる権利、だっけか。

この世界じゃ、この女王はきっとめちゃくちゃ美人なのだろうから、厭われることもないんだろうな。俺は嫌だけども。

それにしてもルルゥさん、ビビりまくってるな。このひと凄《すご》く強いのに、美人を相手にすると弱気になるからな……。

俺？　俺ももちろんめちゃくちゃビビってますよ逃げたいくらいです。

オクラル王が口を開く。

「さて、ギルドから話は聞いておろうな？」

「はっ。厄災の退治と伺《うかが》っております」

「うむ。詳細はオードリーから聞くが良い。期待しておるぞ、『双烈《そうれつ》』。下がってよい」

「ははっ」

そんなこんなで謁見はあっという間に終わった。

俺たちは控え室として用意された部屋に案内され、次の指示を待っている。

部屋には俺とルルゥさんだけだ。衛兵さんは扉の外に待機。

☆

「……緊張しましたね」

「はい……。マコト様をよこせと仰《おお》せになられた時は死ぬかと思いました……」

俺もです……。

「オクラル王はこの国で――いえ、この大陸で最も美しい女性ですから。もしマコト様が『一晩だけでも』と仰るなら、私はお止めしませんけど……」

「いえ絶対にそれはないです絶対に」

食い気味に断言すると、ルルゥさんは不思議そうな顔で俺を見る。

「良いのですか？　こんなチャンスは滅多《めった》にありませんよ？　いくらマコト様が醜女《しこめ》好きでも、美女は美女でしょう？　それはそれで抱かれたいのでは？」

「なにかまだ微妙に勘違いされてますね……」

このやり取り、このあいだ路地裏でもやった気がするが……仕方ない。相手はルルゥさんだからな。

数週間ほど一緒に過ごして改めてわかったが、ルルゥさんはけっこう思い込みが激しいひとだ。まあそもそも、初手で俺のことを幻だと信じ込んだ挙句、レイプ未遂《みすい》を起こして自刃《じじん》しかけたし……。

きっとまだしばらくは誤解されたままだろう。

ゆっくりじっくり理解してもらうしかあるまい。

「俺はストライクゾーンが広いんじゃなくて、ボールしか打てないんです」

「はぁ。すとらいくぞーん」

「美女が醜女に、醜女が美女に見えるのです」

「それは——変ですね？」

このやりとりも何回目だったっけ……。

「でもマコト様。『錯覚』はいずれ治るものです……」

悲しそうに顔を伏せるルルゥさん。

「いえあの、錯覚とかじゃなくて……」

言葉を重ねて説得を続けようとしていると、

——コンコン。

と扉が叩かれた。どうぞ、と返す間もなく開かれる。

「失礼、お邪魔するよ」

顔を見せたのはオークの衛兵だが、いまの声は彼女のものではない。扉を開けた衛兵の向こうから、声の主《ぬし》が入ってくる。

それだけで王族に連なる身分だとわかるような、シンプルながら質の良い衣服。

歳は二十代半ば。

身長は俺より少し高いくらいで体つきは細身。華奢《きゃしゃ》な印象だ。

長い黒髪を後ろで束ねて、容姿は鼻筋の通った美形。

——俺と同じ……！

人間《ヒューム》だった。

そして——男だった。

「やあ、君が『双烈《そうれつ》』の僧侶《クレリック》さまかい？」

この世界で初めて出会った『人間の男』は、人懐《ひとなつ》っこい笑みを浮かべて、そう尋《たず》ねてきた。

第七話　王配

——イケメンが来た！

めちゃくちゃ顔が良い。ジャ〇ーズ系というよりは、ニチアサ特撮ライダーで主演を務めそうなタイプ。

「僕はノルベルトという。よろしくね」

彼——ノルベルトは部屋に入ってくると一直線にこちらへ歩いてきて、握手を求めてきた。

俺は椅子から立ち上がり、ルルゥさんは——立ち上がらずに滝が落ちるような勢いで地面へ両膝《ひざ》をつけて頭を下げた。え、土下座？　土下座ナンデ？？

「え、あ、よろしくお願いします。俺は……」

混乱しながらノルベルトさんの手を握る。

「知ってるよ。マコトくんだろ？　いやぁ、久しぶりに人間《ヒューム》の男と会えた。嬉しいよ」

にこにこと笑うノルベルトさん。良い人そうですね……？

彼は俺の隣で土下座しているルルゥさんを見ると苦笑して、

「エルフの君も、どうか頭を上げて椅子に座ってくれたまえよ」

「い、いえ！　ノルベルト殿下の視界に私のようなものが映ることなどもってのほか！　こうしてお言葉をかけていただいただけでも身に余る光栄にございます！」

フードを被《かぶ》った芋虫《いもむし》のように丸まったままルルゥさんがそう叫んだ。絶叫に近かった。ひ、卑屈エルフ！　大陸で一番強いのに！

というかノルベルト……殿下？

「いきなり来ちゃったから、混乱させてしまったな。失敗失敗」

ノルベルトさんは困ったように笑って頭をかくと、

「これでもこの国の王配《おうはい》をやっていてね。君たちを招待しに来たんだ」

俺たちを見て、微笑んだ。

「僕の——後宮《ハレム》に」

☆

かっぽかっぽ。

馬の蹄《ひづめ》の音が優しく響く。

城の中庭。

ここまで乗ってきたものよりも遥《はる》かに大きく豪華な馬車に乗って、俺たちはゆったりと移動していた。

震動がまるでない。それもそのはず、この馬車には車輪がなかった。浮いているのである。車輪がないのに馬車と呼べるのだろうかは疑問だが、まあ馬で牽《ひ》いているのは違いないのでよしとする。

魔術で浮かせた客室はダブルベッドが二つは置けそうなほど広い。

ふっかふかのソファと、小さなテーブルが備え付けられていて、テーブルの上には果実やジュースのコップやらが置かれている。

頭上を覆《おお》う幌《ほろ》からは仄《ほの》かな日差しが、開けっ放しの窓からはさわやかな風が入り込んできた。非常に快適だ。

「おかわりはどうだい？」

右端のソファでくつろいでいるノルベルト殿下が、俺たちにそう尋《たず》ねてきた。

俺は持っているグラスの中にまだジュースが残っているのを見て、

「いえ、大丈夫です」

「そうかい？　遠慮しないでね。君たちは僕の大事なお客様だ。エルフの君も――」

と、ソファに座らず、床に正座してフードを深く被り続けているルルゥさんを見た。

「座ったらどうかな？」

「めめ滅相もございません！　殿下と同じソファに座るなど！　こうして同じ馬車に乗せていただけるだけで望外の幸せにございます！」

「ま、まあ君がそう言うなら……」

苦笑するノルベルト殿下。

王配《おうはい》っていうのは王妃の対義語だ。つまり、女王の夫。呼び方は『殿下』になるらしい。

あのオークの王様の、旦那様ということだ。

いろいろな意味で緊張する。

ルルゥさんの言葉もあながち間違いじゃない。『王妃』さまと同じ馬車に乗るなんてイベントはそうそう起こらないはずだ。

しかし殿下は、自分がそんな酔狂なことをしている自覚がないのか、人懐《ひとなつ》っこい笑顔でフッーに話しかけてくる。

「マコトくんはエルフさんと組んで長いのかい？」

「えっと……一カ月くらいです」

「冒険者になったのは？」

「それも一カ月前くらいです。私はまだまだ見習いです」

「そうか。いや、僕は職業《ジョブ》を得ていないから、すごいなと思ってね」

「はぁ……」

「男なのに冒険者としてダンジョンや危険エリアに赴《おもむ》くなんて、なかなかできることじゃない。尊敬するよ。いろいろ話を聞かせてほしいな」

きらきらと期待した目で俺を見てくる。

これはアレか。現代日本の感覚に翻訳すると、『女性なのに殿方と一緒に冒険するなんて凄《すご》いですわ』とお姫様に敬われる女戦士みたいなものか。

　俺は思わず苦笑する。

「そんな大したものじゃないんですが……。戦闘はルルゥさんやアーシアちゃんにお任せでしたし……」

「それでも十分だよ。聞けば、モンスターどころか、あの〝竜〟と対峙《たいじ》したというじゃないか。僕だったらとてもできないね。その場にいるだけで足が竦《すく》んで動けなくなってしまう」

　ははは、と殿下が笑う。

　そのあけすけな笑い方に、俺も気分が緩《ゆる》んだ。

「ええ、恥ずかしながら、俺も足が竦みました」

「職業《ジョブ》の力を得ている君でも？　そりゃあ大変だね」

「俺はまだレベルが低いですから」

「僧侶《クレリック》の仕事は過酷だって聞くよ。アーシアさんは僕たちと同じ人間《ヒューマン》らしいけど……」

「？　ええ、アーシアちゃんは人間《ヒューマン》ですね」

　なぜ急にアーシアちゃんのことを？

「エルフの彼女とアーシアさんのパーティに僧侶《クレリック》として入るんだ。覚悟が必要だっただろう。なにせ――」

　真剣なまなざしで、殿下は言う。

「エルフの方々はその強大な魔力と引き換えに、容姿に呪いをかけられてしまった」

容姿に、呪い？

「噂ではアーシアさんも同じだという。その二人の解呪をするとなると……」

アーシアちゃんも呪い……というか、呪いをかけられたエルフと同じ容姿……？

「…………………ああ」

なるほど。

合点《がてん》がいった。

醜女《しこめ》の相手は大変じゃないか、という意味で訊《き》いているのか。

『容姿に呪いをかけられた』と言われるほどの醜女種族であるエルフと、そのエルフと同じくらい醜《みにく》い人間を相手に儀式《セックス》するのは大変だろう――そう殿下は言いたいのだ。

いや悪気はないのだろう。俺だって彼と同じ立場ならそう思う。むしろ殿下は俺を思いやって訊いてくれている。

だから俺は殿下に怒りを覚えたりはしない。憤《いきどお》ったりもしない。

ただ、視界の隅で肩をぴくりと震わせたルゥさんを、あとでたくさん慰《なぐさ》めなくちゃと心に決めるだけだ。

俺は笑顔を取り繕《つくろ》う。

「いえ――。それが俺の仕事ですので」

「……そうか。いや、気を悪くしないでほしい。ただ僕は、君を尊敬する」

うーん。

まぁ、いいか……。価値観の違いをここでとやかく言っても仕方ない。

それに俺がルルゥさんの前で『醜女好き』だと弁明するのも気が引けるし、なんとなく隠しておいた方がいい気がする。するのだけど、

「それに、俺はルルゥさんのこと、美人だと思いますし」

つい口に出してしまった。

「アーシアちゃんもです。どうも俺、ひとと価値観が違うみたいで」

あはは、と笑う俺。

ここでちゃんと言っておかないと、前世で『あの子』を見捨てた時と何も変わらない気がしたのだ。

殿下はぽかんと口を開けて、

「…………そうか。すごいな、きみは」

絶対勘違いしてる。俺がパーティの二人を庇《かば》ってそう言ってるのだと思ってる。まあいいけど。

「僕で良かったら力になる。僕でできることがあるなら手伝うよ。なんでも言ってくれ」

そう言って、俺の手をがっしりと握ってきた。ハンサムな顔でじっと見つめられると悪い気がしない。イケメンはズルいなー。さっきの発言も許してしまおう、という気持ちになる。

「ありがとうございます。その時は、ぜひ」

俺は心から微笑んだ。すると殿下は、

「……おお、男の僕から見ても可愛いなきみは。いやズルいなー」

と、俺が思ったことと似たようなことを口にする。何を言う。ズルいのはそっちだろう。

あと視界の端でこくこくこくこくこくと激しく頷《うなず》くルルゥさんは何をしているのだろう。ヘッドバンギングの練習かしら。

「ああ、そろそろ到着だ」

殿下がそう口にしたと同時に、馬車が止まった。

そこは小さな宮殿だった。広大な中庭の奥にひっそりと鎮座する——後宮《ハレム》だ。

☆

扉が開かれる。開けてくれたのはオークの御者《ぎょしゃ》さん。

「足元にお気を付けください」

「ありがとうオリビア。ああ、きみを紹介してなかった。この馬車を浮かせてくれていたのは彼女だ」

降りた俺たちに、殿下が御者さんを手で示す。

「宮廷魔術師のオリビアだ。僕の八番目の奥さん。身の回りの世話もしてくれている」

「オリビアと申します」

屈強なオークの戦士にしか見えなかったが、殿下の奥様だという——奥様？

八番目の？

あ、そういえば後宮《ハレム》って、いわゆるハーレムのことか！

今さら納得する俺であった。

「よろしくお願いします。マコトです」

「ルルゥと申しま――」

「では皆様、こちらへ」

挨拶《あいさつ》を交わし、宮殿へと案内される。あの、いまルルゥさんが喋《しゃべ》ってたんですけど……。と、口に出そうとしたところで袖《そで》を引っ張られた。振り返ると、ルルゥさんが首を横に振っている。

事を荒立てないように、とその目が言っていた。

それはわかるんですけど……。

「マコトくん？」

殿下が足を止めて振り返った。俺はこっそり息を吐いて、笑顔を作る。

「はい、すみません」

釈然としないなー。

☆

「ノルぅぅ〜〜！　夜まで我慢できんよぉ〜〜！　もうしちゃおう？　もうしちゃおうよぉ？」

扉を開けたらそこには、オークの王様が猫撫で声でイケメン殿下を抱き上げているという一コマが展開されていた。

なにこの……なに？

「ま、ま、待つんだオルエル、いまはほら」

「なんでぇ〜？　今日は週に一度の私の日でしょ〜〜〜？　ぶちゅううううう♡」

オークのおっさんがイケメンにキスしているようにしか見えないんですが。

強烈なBL（……BL？）的シーンを見せられてクラっとする俺。こういう性的嗜好《しこう》はもちろんないし、耐性だって皆無だ。隣のルルゥさんはフードの下で興奮気味にはぁはぁと息を荒らげて瞳をらんらんと輝かせているけれど。

うん。さっき殿下が俺に言ったこと、よくわかったよ。実感した。オークの国でハーレムってことはつまり、オークの奥さんがたくさんいるってことだもんね。

俺の目には怪物にしか映らないけど、この世界の男にすれば、オークは絶世の美女に見えるんだよね。

殿下はきっと、美女《オーク》に囲まれて幸せなんだろうね……。良かったね…………。美女にオークってルビを振る日が来るとは思わなかったよ…………。

知らず、遠い目をしてラブラブちゅっちゅするオークとイケメンを眺める俺。ルルゥさん、ヨダレ垂れてますよ。

そんな俺たちには目もくれず（っていうか気付いてないなこれ）、王様は殿下に甘えまくる。

傾国《けいこく》の美女に甘えるダメな王様って感じだ。性別は逆だけど。

「もうずっと待ってたんだよ？　一週間ずっと、毎晩毎晩、ノルとえっちするところを想像して自分でオナニーしてたんだよ？　もう一秒だって我慢できないからこっちから来ちゃった♡」

ウインクするなオークキング。

「そ、それはわかるけど、そうじゃなくって……」

「まさか、オリビアあたりがぬけがけしたとか？　許せん。斬首ね」

ふんす、とデカい鼻の穴から息を噴き出すオークキング（♀）。

三メートルの巨体に抱きかかえられているイケメンは、ハンサムなその顔を困ったように歪《ゆが》ませて、

「だからオクラル……」

「や〜だ〜！　二人っきりでしょ？　ラルちゃんって言って？」

「ラルちゃん……。その、お客様がいらっしゃるからさ……？」

と、俺たちを目で示した。

「は？」

くるりとこちらを振り返る王様。

俺は呆然としている。

ルルゥさんは瞬間移動のごとき速さで三歩ほど後ろに下がると土下座した。なぜ。速い。見

えない。

そして真っ赤になっていくオークの顔。でもなんていうか、可愛らしいものじゃない。恥ずかしいところを見られた乙女っていうよりも、アジトの洞窟で捕まえていた姫君を勇者に助けられちゃったボスみたいな……。クッパみたいな……。

ふるふると震えながら、王が叫ぶ。


「見たのか⁉」


怖っ‼

俺は土下座するルルゥさんと、王様を見比べ、もう一度ルルゥさんを見て、そっと膝をついた。

頭を下げる。

叫ぶ。

「見てません！」


「ヨシ‼‼」

何を見て「ヨシ」って言ったんですか。

☆

オクラル王はその後、何事もなかったように帰っていった。

ルルゥさんは「助かりました……。死ぬかと思いました……」と胸に手を当てている。

「許してもらえてよかったですね……」

「それもあるのですが、その、あまりのエロさに息が止まるかと……」

「……です、か」

エロいのか、あれ……。

「やぁ、恥ずかしいところを見られてしまったね」

顔中どころかシャツを脱がされ上半身にまでキスされて、ところどころに（嫌な）キスマークを付けた殿下が、頭をかきながら苦笑した。

しかし言うほど恥ずかしそうじゃない。むしろちょっと誇らしげでもある。

「オークの王は何でも熱烈なんだ。美も、武も、性にもね」

ああそうか。あのオークキングはこの大陸で一番の美女なんだ。そんな彼女に熱烈に愛されている姿は、恥ずかしさより誇らしさが優るのかもしれない。街中で美女を侍《はべ》らせて歩くようなものかしら。

その予想は正しかったようで、殿下はだだっ広い客間に俺たちを案内すると、一人ずつオークの女性を呼んで紹介した。みんな屈強で、みんな雄にしか見えないが、みんな殿下の奥様らしい。そのなかには、オードリーさんの姿もあった。

ノルベルト殿下には一〇人の奥さんがいて、三日に一度、一人と愛を交わすという。

「大変だよ。みな、魅力的だけれど、こっちの身体がもたない」

と苦笑する殿下。

俺としては別の意味で大変だと思うが、いや、何も言うまい。さっき殿下には言われたけど。相手はともかく、一〇人も奥さんがいるのは、人間として器が大きいと思う。順々に紹介していた時の殿下の表情も、オークの奥様方も、とても幸せそうだった。全員に分け隔《へだ》てなく愛を注いでいるのだろう。もちろん、序列はあるだろうが。

御者も務めていたオリビアさんがお茶のお代わりを持ってきてくれた。

オークの国はお茶も独特だった。紅茶にはちみつとニンニクとスパイスを混ぜっているっぽい。甘くて辛《から》くて体が火照《ほて》る。決してまずくはない。ちょっと癖《くせ》になりそうだな、と味わっていたら、

「マコトくんも儀式としてセックスをするのだろう?」

いきなり夜の話題をぶっこまれてお茶を噴き出しそうになった。

「え、ええ、まあ」

「僧侶様《クレリック》なら、僕と同じで三日に一回……いや二日に一回くらいはするのかい?」

「えーと、そうですね……」

少し気恥ずかしいが、同じ男同士だし、いいか。

「基本的には毎日します」

「毎日!?」

「だいたい一日五回くらいしますね」

「一日五回!?」

「自分でもちょっと多いと思います」

ははは、と照れ笑いをする俺。昔からこうだったわけじゃない。こっちの世界に転生してから妙に精力が強くなったうえ、職業《ジョブ》を得てからはさらに増した。

まあ五回するというより、五発搾《しぼ》り取られるって感じなんだけど。ルルゥさんもアーシアちゃんも師匠も、めちゃくちゃ性欲強いし。

「さ、さすがは僧侶様《クレリック》だ……。凄いな。僕がそんなにしたら一カ月で干からびてしまうよ」

殿下が笑う。

「三日に一回でも頑張ってるつもりだったけどなぁ」

すると、オリビエさんがお茶のお代わりをカップに注ぎながら、

「平均から見れば、殿下は十分、勤《いそ》しんでくださっていると存じます」

しずしずとそう進言した。セリフだけ聞けばよくできたメイドさんなんだけど、外見はダンジョンの中ボスをやってそうなオークの戦士なんだよな……。たぷたぷ揺れる緑色のお腹《なか》が凄い……。

「世間の殿方は、週に一度、放精なさる程度ですから」

「え、そうなのですか？」

週に一度は少なくない？　自分で処理してんのか？

思わず尋ねると、オリビエさんは俺を見て「あっ……」と顔を赤らめた。それから視線を外して咳払《せきばら》いをして、なにやら恥ずかしそうにしながら、俺にもお茶のお代わりをくれた。

「は、はい。男娼の方や、ギルド神官さまはそうだと、聞いております…………」

「なるほど……」

頷く俺。独特なお茶にも慣れてきた。

……と、ルルゥさんと殿下が俺をちらりと見た。なんだろ。二人ともちょっと粘り気のある視線だな。そう思いながらお茶を飲むと、殿下がやや棘《とげ》を含んだ声で、

「マコトくんは冒険者になる前はどうしていたのかな？」

「えっと……。山奥で修行をしておりました」

ということにしている。

「そうか。だから世間一般の男の性的実態にも疎《うと》いわけだね。ギルドや教会にも属していなかったから」

「はい」

「ならば大目に見るが、次からは気を付けてほしいね。仮にもオリビエは僕の妻だ。あまりそういう態度で接しないでくれ」

「は……はい……？」

　そういう態度ってなに……？

「きみのような色男に話しかけられては、オリビエも緊張してしまうものさ。僕も妻の想いが逸《そ》れてしまうのではないかと気が気じゃない。わかってくれるね？」

　……あ。ひょっとして、オリビエさんと会話しちゃまずかったのか？

「わ、わかりました。失礼しました」

「うん。わかってくれたら良いんだ」

　殿下は先ほどまでの笑顔に戻って、お茶を一口飲んだ。

　そうか……。男が少ないから、俺みたいな普通のやつでも『色男』判定されてしまうのか……。確かに、自分の奥さんが他のイケメンと話してたら嫌な気分になるかも……。どう考えても殿下の方がカッコいいけど……。

　ルルゥさんが同じような目で見ていたのもそれが理由かなー。

　気を付けよう。

「すみません。まだ山から出てきたばかりで、世事には疎くて……」

「いいんだよ。僕も俗世には疎い。だからきみにはいろいろ話を聞きたいんだ」

　頭を下げると、殿下は笑って許してくれた。良い人だ。

「仕事は明日からだろう？　部屋を用意するから、今夜は泊まっていくといい。たっぷり冒険譚《たん》を聞かせておくれよ。修行の話も聞きたいね。あの人界無双の大賢者、イーダ様のお話も」

パーティのリーダーであるルルゥさんを見る。彼女はこくりと頷いた。今日は泊まってもOKのようだ。

「ええ、俺で良ければ喜んで」

「それは良かった。じゃあ、始めようか」

パンパン、と手を叩く殿下。奥の扉が開いて、たくさんのオークのメイドさんたちが料理の載《の》った大皿を運んでくる。すげぇ、手を叩いてパーティー始めるの、本当にあるんだ。

「遠慮しないで、たくさん食べてね」

謎の感動を覚えている俺に、殿下はウインクする。イケメン〜〜〜。

それから俺は運ばれてきた大量の料理を頂いた。肉、肉、さらに肉、あっちも肉、その奥も肉、向こうで見えないのも肉。さすがオーク。肉ばっかり。野菜？　ポテトがあるだろう？　と真顔で聞き返す殿下が心強い。俺も肉は大好きなのでOKです。

味付けは大胆かつ繊細で、（乱暴なイメージがある）オークの料理とはとても思えないほど美味《おい》しかった。全体的に辛い物が多かったけど。あとニンニクとかそういうのも。

俺は殿下の隣に座らされ、長ーいテーブルのお誕生日席で、ひたすら殿下と喋っていた。先ほどのような『色目』にさえ気を付ければ、殿下は何を言っても怒らないいんじゃないかと思うほど寛大かつ話しやすくて、久しぶりに人間《ヒューム》の男と語り合いながらの食事はめちゃくちゃ楽しかった。

ただ。

ルルゥさんが部屋の隅っこで俯《うつむ》いたまま立ち尽くしているのを除いて。

「……ルルゥさん、大丈夫ですか？」

気になって声をかけたものの、

「……………っ！」

ルルゥさんは叱《しか》られたようにびくっとして、

「…………………！」

「あっ…………」

「エルフ…………」

パーティーの空気も途端に凍り付いてしまった。

――そうか。

やっちまった、ということらしい。

が、気に入らない。俺だけお客様扱いされて、リーダーのルルゥさんはいないもの扱いか。

今すぐルルゥさんの手を引いて立ち去りたい衝動に駆られる。

――でも、それは。

ルルゥさんに迷惑がかかる。

これがギルド内のことなら構わない。二人で抜け出せばいい。

俺が『エルフが好き』と宣言するのは良い。俺が変人扱いされて終わりだ。構わない。

しかし今は違う。ここは違う。ここではダメなのだ。

俺たちはギルドの冒険者として招かれている。俺はいい。別に冒険者でなくなっても構わないし、この国から追放されても問題ない。処刑とかと投獄は嫌だけど。

でもルルゥさんは違う。大陸冒険者ギルドの代表的なパーティ『双烈《そうれつ》』のリーダーなのだ。たとえ差別されようと、甘んじて受け入れなければならないと、本人も周りも、俺以外のすべての人間がそう思っている。

——ここでも『空気』か。

ルルゥさんが泣きそうな顔をしている。悲しいのではなく、居たたまれないのだ。本人は平気なのに、俺が自己満足なおせっかいを焼いたせいで。

つまるところ、よけいなお世話になってしまっていたのだった。

俺は何もできない。この国では、この場所では、俺は何もできない。

俺はルルゥさんに小さく謝り、殿下の隣に戻った。すると彼は、

「明日の確認をしたんだろう？　『双烈』は大陸最強のパーティだ。余人には想像もできない段取りがあるに違いない」

と大きな声で場を取り繕ってくれた。

殿下は良い人だと思う。オークの皆さんも悪人ではないのだろう。ただ、この世界は『そういうところ』なのだ。

師匠が山に引きこもったのもよくわかる。

「はい、失礼しました」

『双烈《そうれつ》』の一員として、俺も職務を全《まっと》うする。

『男』の『僧侶《クレリック》』として、王配殿下のお相手をしよう。

「――それで師匠が言うには、魔猪《まちょ》は捨てるところがないのだと。角も骨も魔術儀式に使えるし、肉は美味《うま》い！」

「はっはっは！　違いないね！　僕もきみの作ったスープが飲みたくなってきたよ！」

他愛もない会話をしつつ、視界の端に映るフードを被った彼女を気にしながら、思う。

早く二人きりになりたい。

☆

潰《つぶ》したポテトを食べながら、私《ルルウ》は広間の隅っこで「消えたいな～」とぼんやり思う。

パーティーの場で一人で放っておかれるのはいつものことなのに、今日は疎外感を覚える。

理由はきっと、マコト様がいらっしゃるからだろう。

先ほどお声をかけてくださったときは心底びっくりした。心臓が止まりかけた。自動蘇生魔術が起動しかけたほどだ。ポテトが喉《のど》に詰まって声すら出せなかった。気づかれていないと良いのだけど。

――マコト様、なんてお優しい。

同時にそれは、周囲の『空気』を気まずくさせてしまうこともある。

差別されている人種を気に掛ければ当然のことだ。ましてやここは美女《オーク》の国。醜女《エルフ》が入国するのも難しいのだ、本来なら。

城壁からここに至るまで、オークの皆様は徹底的に私を無視している。いないものとして扱っている。それは、美女種族であるオークの、そしてその本国であるオクドバリー国民の、余裕の表れだ。『私たちのような選ばれし者は、恵まれない者にも寛大にできる』という意識の顕在化《けんざいか》だ。

だからギルドのような『構われ』は起きない。下賤《げせん》の者と関わったりはしない。表立った差別行為なんて、品がないからだ。口汚く罵《ののし》ることもしないし、石を投げるなんてもってのほか。

正しい作法は、『いないもの』として扱うこと。

いないのなら、差別をすることもないから。

話さないで済むのなら、それに越したことはない。

それでもエルフを目にすれば、反射的に『嫌悪感』を示す。どんなに平静を取り繕おうともわかる。

止まる呼吸、硬直する身体、寄せられる眉根。

仕方のないことだ。彼女たちからすれば、突然目の前に汚物が歩いてきたようなものだから。

無駄に肥えた胸の脂肪を揺らしながら、長い耳をぴくぴく動かし、己《おのれ》の醜《みにく》い貌《かお》を隠すように歩く汚物。

——そんなものが目の前にいたら、笑ってしまいますね。

ぽそぽそとポテトを口に入れながら、自嘲《じちょう》気味な笑みを作る私。ああ醜い。

と、メイドの一人が、何気ない素振りで私の足元にグラスを置いた。ワインが入っている。つま先のすぐそばで、赤色に揺れる波紋を眺めながら、毒でしょうか、と訝《いぶか》しむ私。まさかこんなところで？　いえ、それはないと思うのだけど……。

しゃがんで、グラスを手に取る。メイドは私のことを見ないで、そのまま通り過ぎていった。出来る限り好意的に受け取るなら――私にワインを持ってきてくれた……のでしょうか。信じられません。こんなこと、はじめてかも。

立ち上がって、一口。仮にもS級冒険者である私には、ほとんどの毒が効かない。そうですね、エビルトロール五体分を一滴で殺せるようなものなら、ちょっと舌が痺《しび》れると思いますが。しかし、毒でも何でもなかった。ただただ美味しい、オークの国の独特なワインだった。はちみつとニンニクが入っているのですよね。美女は何にでも入れるから。はちみつとニンニク。

――優しくされてしまいました……。

いまも、メイドたちから視線を向けられることはない。あったとしても嫌悪のそれだけ。きっと殿下が取り計らってくれたのだろう。マコト様のために。あのメイド、今夜は殿下にたっぷり可愛がられるのだろうな。エルフにワインを持って行った功績で。

――それは少し羨《うらや》ましい、ですが……。

以前のような、身を焦《こ》がすような嫉妬心は湧かない。

紹介された殿下の奥方たちを思い出す。旦那様と一〇人の美女たち。いつもならきっと死にたくなるくらいの劣等感を抱くはずのに、それもなかった。

むしろ優越感さえ覚える。

私には、マコト様がいらっしゃるから。

……この大陸の殿方は性欲が薄い。

だから妻が一〇人もいると、月に一回くらいしか順番が来ない。

あれだけの美女が、たった一人の殿方を取り合っている。

あれだけの美女が、月に一度しかセックスできないでいる。

武よりも美が、性が優先されるこの大陸で、それはそれは苦痛だろう。

性欲は男よりも女の方が強いのだ。子孫を残そうとする母性が働くのだから当然だ。子宮が疼《うず》くのだから仕方ない。卵巣に脳みそを支配されているといっても過言ではない。

だから、欲求不満になる。

オークの美女たちですら、自分で解消するか、高いお金を払って花街《はなまち》に行ったりする。廓通《くるわ》いにハマって、死に物狂いでダンジョンに潜《もぐ》って破滅《しぼう》する冒険者の例は枚挙にいとまがない。

なのに私は、少なくとも三日に一度、それも朝まで殿方を独り占めできる。しかも相手はとびっきりの美少年。

あれだけの美女が手に入れられない生活を、醜女《エルフ》の私が手にしている。

なんて甘美な優越感だろう。

この国にいると、消えてなくなりたくなる。

でも今はマコト様が一緒にいる。

殿下とお話をする彼の笑い声が響く。

無理をして笑っているような、そんなふうにも見える。いつかルニヴーファの広場で、美女に囲まれた時のような。

殿下のご機嫌を取っているのだろうと思う。あの方は根が真面目《まじめ》だから、きっと『パーティのために』と考えて、そうしているに違いない。

マコト様の周りに、彼を間近で見ようと次々と美女が料理を運んでくる。

先ほど殿下から受けたお叱《しか》りを気にしているのか、マコト様は彼女たちが来ると目を伏せる。

しかし――私にはそれが、どこかホッとしているようにも見えるのだ。

話さないで済むのなら、越したことはない。

「あ」

唐突に、やっと、マコト様が言っていた意味が、腑に落ちた。

あの方には、美女《オーク》が醜女《エルフ》に見えるのだ。

あの方の目には、醜女《エルフ》が美女《オーク》に映るのだ。

だから何度もそう言っているじゃないですか、と苦笑するマコト様が思い浮かぶ。

ええ、ええ、仰《おつしや》っておりました。

でも――とても信じられなくて、想像できなくて。

私は自分で言った『ブス専』の、本当の意味を、いまようやく理解したのだった。

――あれ？　じゃあマコト様、いまひょっとしてかなり『いなくなりたい』状況なのでは？

だって醜女に囲まれてるのと同じなのでしょう？

お腹も凹《へこ》んでた方が良いと言っていたし、胸は大きいほうがお好きだし、体臭《たいしゅう》も私のが好みだと仰ってくれたし。

オクドバリーはオークの香りで満ちていますから、さぞ……お辛《つら》いのでは？

「あら……？」

なんでしょう。この一周遅れで真実に到達した感じ……。

つまり、私と同じ気持ち……ってコト!?

思わず頭の中で、変な口調になってしまいましたが、もしそうであるなら。

マコト様も、オークに囲まれて死にたくなっているのなら。

――ああ。

そんなの、たまりません。

殿下と他愛もない会話をしつつも、視界の端で私をちらちらと窺《うかが》う彼を見つめながら、思う。

早く二人きりになりたい。

第八話　見せつけてやるんですよ

パーティーが終わって、夜。

俺とルルゥさんは寝室として部屋を一つ用意された。

二人で寝るにしても広すぎるくらい大きな部屋だ。ベッドもデカいし調度品も豪華。

そのデカいベッドが一つしかないのと、高級そうなテーブルの上にアーシアちゃんの部屋で見かけた『瓶』や『棒』があるのは目をつむることにして……。いや、たぶんアレ使うんだろうなこれから……。

ソファに座ってこの後のことを想像し、遠い目になる俺。

国というか世界全体が『性』に対して積極的なのをこういう時に思い知らされる。なんで迎《げい》賓室《ひんしつ》に大人の玩具《おもちゃ》が平然と並べられてるんですかね……。しかも美術品みたいな扱いで……。

とはいえ、できるだけ早めにルルゥさんを『慰《なぐさ》め』たかったから、『声が漏《も》れて困る』といった心配をしなくて済むのは助かるのだが。

そのルルゥさんは俺の上に跨《また》がって興奮気味に俺を見下ろしている。

部屋に入った直後から大変だった。

朝に迎えに来る、とメイドさんが頭を下げて部屋の扉を閉めるやいなや、「マコト様っ！」と高速タックルからのディィープキス。そのままソファに倒れ込むように座らされた。

「んちゅ♡　マコト様っ♡　マコト様っ♡　マコトさまぁ♡」

とろんとした瞳で捕食者のように俺を見下ろしながら、俺の口内に舌を入れて蹂躙《じゅうりん》してくる。唇も、歯も、舌も、上から下までぜんぶ舐《な》められる。マジで食べられてしまいそうだ。

「ふー♡　ふー♡　マコト様♡　かわいい♡　すき♡　マコト様♡　たべちゃいたい♡」

金髪美女エルフが性欲丸出しで俺の頰を両手で挟んで涎《よだれ》を垂らしている。服から溢《あふ》れんばかりの爆乳をぴったりぷにゅうと寄せては潰《つぶ》し、大きなお尻で俺の股間を刺激する。

ルルゥさんはキスをしながらも俺の服を脱がしにかかっている。路地裏での時のように、僧侶《クレリック》の装備である法衣の前垂れの脇から手を突っ込んでシャツのボタンを外し、

「んちょっと待ってくださいルルゥさん！　ストップ、いったんストップです！」

正直、俺もすぐヤりたいが、ここは我慢する。

「ん――はい？」

首を傾《かし》げるルルゥさん。可愛い。さらさらの長い金髪が横に流れて綺麗。

「早くおちんぽしません？」

唇も綺麗なのに出てくる単語は汚かった。

「あのですね……。始める前に明日の準備とかしといた方が……」

「後でいいですわ？」

「いやいつもそう言ってやらないまま朝になっちゃうでしょ」

「ヤってますけど？」

「準備のことです」

「そうでしたっけ？」

人差し指を口元に持っていき、逆方向に首を傾げるルルゥさん。可愛い。

「でもマコト様のここは、準備できてるみたいですし――」

「『お前だって濡れてんじゃねぇか期待してたんだろ？』みたいなこと言わないでください……」

「はあ……あ、これならどうです？」

言うが早いか、ぶるんっ、とシャツを開けさせてメートル超えの爆乳を晒《さら》すエルフ美女。

目の前に真っ白な山脈が現れて、俺はそのピンク色の先端を凝視《ぎょうし》し、俺の息子もパンツを破らんばかりに勢いを増す。本当に綺麗でデカいおっぱいだ。

「はい♡　マコトくんの大好きなおっぱいですよー？　たぁくさん吸っていいんですからねー？」

「と、とりあえず、待ちましょうルルゥさん……」

「そう仰《おつしや》いながら私の胸をもみもみとなさっておいでですが？」

「これは触診です……。悪いところがないか診《み》てるだけです……」

「あら？　今夜はそういうプレイですの？　いいですわ♡」

お医者さんプレイみたいに言うな。

俺は断腸《だんちょう》の思いでルルゥさんのぷるぷるやわやわおっぱいから離した手を、彼女の脇に差し入れて体を持ち上げ、俺の横に座らせる。置いた、ともいう。

「あら……」

「後の楽しみに取っておきましょう……。きっとその方が燃えますから」

「まあ♡　マコト様ったら、女を焦《じ》らすのがお上手ですのね♡」

そんなつもりはないが、とりあえず肉食獣を黙らせることには成功したようだ。

「オードリーさんから資料を貰《もら》いましたよね。……ああ、これです」

ソファの横に置かれていた荷物の山から、高価そうな手持ちカバンを取り出した。

オーク王に謁見《えっけん》し、殿下の馬車に乗るまでの間に、オードリーさんから渡されていたものだ。あのひと、近衛兵《このえへい》と言っていたけど、側近みたいなことも兼務しているらしい。

「これ、開けても平気ですか？」

渡されたカバンは、前世でいうアタッシェケースに印象が似ていた。

黒い外張りで、鍵が付いている。

見たこともない文字の羅列《られつ》が刻まれているが、職業《ジョブ》の影響でそれが『防御魔術』の呪文であるとわかる。鍵ではなく、カバンそのものを頑丈にするためのものだ。

一緒に渡された鍵にも魔術が封じられている。モンスターから獲《と》れる魔石に施錠の魔術を封じ、鍵状に成形したもの、のようだった。

ルルゥさんが俺にしなだれかかって、うわおっぱいすごい。

「んー。良いですけれど、あまり意味はないと思いますよ？　どうせ入っているのは転移結晶とエルフの王に宛てた手紙でしょうし」

「いちおう確認しておいた方がよくないですか？」

「まあ……そうですわね。マコト様ったら、けっこう慎重ですのよね、うふふ。そういうところも、好きですわ♡」

頬にキスをされる。照れるし、嬉しいけど、一歩間違えばこのまま喰われそうでもある。

「では、少しお待ちになってください。遮音と防視の結界を施《ほどこ》しますから」

「あ、機密事項ですもんね。了解です」

密室ではあるものの、万が一、外に音が漏れないとも限らない。

ルルゥさんが詠唱をすると、彼女の周囲から微《かす》かに淡い光が溢れ、部屋を満たした。結界の魔術だ。

「これでよし……と」

外部からの音も聞こえにくくなった気がする。防音室に入ったみたいで、ちょっと耳がきーんとした。

「じゃあ開けますね」

鍵を差して回す。カバンにかかっていた施術と、認識魔術の効果が一時的に解除され、カバン自体の形まで変化した。

上面がカマボコ型になっている長方形の箱——宝箱みたいな形になったのだ。

「おお……こういう魔術もあるんですね……！」

「この形状の方が魔術を封じやすいのです。でも持ちにくいですし、大袈裟《おおげさ》なので、カバンの形に変えているのです。この処理、とってもお金がかかるのですけど」

なるほどなー。

うきうきしながら宝箱を開けてみた。

だが、入っていたのは、見慣れた転移結晶と、封をされた手紙だけだった。

「ルルゥさんの言った通りでしたー……」

わかっていたけど少しがっかり。

俺の様子を見て、ルルゥさんは楽しそうに笑う。

「だから言ったでしょうに」

「でも、カバンが宝箱に変わるのは面白かったです」

アニメみたいで、と言いそうになって言葉を飲み込む。

「そうなのですか？　ふふ、マコト様は不思議な方ですね。もちろん良い意味ですわよ？」

するり、と宝箱を持つ俺の腕に絡《から》み付いてくるルルゥさん。おっぱいが当たる。どんどん距離が縮まってくる。

「手紙は内容を見れないですし……中身の確認はオーケーですね」

「ええ、ではそろそろ」

すすす、と俺の股間に伸びてきたルルゥさんの手を取って、

「その前に、明日の段取りを聞かせてください」

「んもう」

ぷくー、と頬を膨《ふく》らませるルルゥさん。可愛い。

彼女は股間をガードした俺の手をそのまま「にぎにぎ」する。可愛い。

「転移結晶でエルフの国まで飛び、エルフの王と謁見して、〝竜〟について話を聞く。それだけですわ」

ギルドマスターの依頼は、『大陸南部のスノップス地方を調査して、もし危険エリア拡大の兆候が見えたらそれを阻止』だった。

「この手の依頼はほぼほぼ空振りですので、何の心配もいりません。マコト様は安心して、私についていきてくださいませ」

と、自《みずか》らの胸に手を置いて自信満々に告げるルルゥさん。

S級冒険者の彼女がそう言うのなら心配はなさそうだな。うん。フラグじゃないだろう多分。

「良かった。また〝竜〟と戦うのかと思って、ちょっと緊張しました」

仕方ありません、とルルゥさんは微笑む。

「相手は人類種族の天敵ですから。普通の人間なら、その姿を見るだけで心神喪失しますし」

ああ、と俺は思い至る。ルニヴーファのダンジョンで、〝竜〟の咆哮《ほうこう》を耳にしただけで自死しそうになったのだった。

「殿下には足が震えるって言ったけど、実際はもっとヤバい状況でしたね」

苦笑する俺。あのときルルゥさんがエリクサーを飲ませてくれなかったら死んでたな。

「それでもマコト様がいらっしゃったから、私たちは勝てたのです。マコト様のおかげですわ」

と、反対側の手を器用に持ってきて股間を触るルルゥさん。確かにそこ（で生成された体液）のおかげだけども。

うふ、とエルフが妖艶《ようえん》に笑う。

「オークの王も、近衛も、メイドも、殿方とは滅多《めった》にえっちできないのに……。私は毎日でもできてしまうなんて……。それもこんな素敵な方と……♡」

ルルゥさんは俺を見ながらも、握っていた手を離して宝箱を閉めた。元のカバンの形に戻っていくその間に、ルルゥさんは再び俺の服を脱がしにかかる。

「素敵って……。俺は普通くらいじゃないです？　殿下の方がイケメンでは？」

やんわりと抵抗をしながらそう尋《たず》ねると、ルルゥさんの手がぴたりと止まった。きょとん、とした顔で何かを言いかけて、はっとする。

「結界は……効いていますわね」

そう確認してから、俺の耳に口を近づけて、囁《ささや》いた。

「殿下は、決してイケメンではありません」

「……え？」

「むしろ、少しブサイクな部類です」

「………マジですか」

「マコト様からイケメンに見えたのであれば……この大陸ではきっと逆に映るでしょうね。オークが醜女《しこめ》に見えるあなた様であれば」

そりゃそうか……。って、あれ？

「ルルゥさん、ひょっとして……」

俺が尋ねると、ルルゥさんは花のような笑顔で、

「はい。マコト様の仰っていた意味、やっと理解できた気がします」

「そ、そうですか……！」

「マコト様。さぞお辛《つら》かったでしょう？　だって、美女《オーク》が醜女《エルフ》に見えるんですものね……。あの香《かぐわ》しい匂いも、きっと……」

「ええ、そ、そうなんです……！　正直ちょっと、いやかなりキツかったというか……。何か吐き気も……。いや、オークの皆さんに失礼なんですが……」

「仕方ありません。私だって、逆の立場ならきっと嘔吐《おうと》くらいしますわ。失神だってしちゃうかも」

くすっと笑うルルゥさん。

「マコト様……。先ほどは私を気にかけてくださって、ありがとうございました。あの時はお礼が言えませんで、申し訳ありません」

「あ、パーティーでのことですか？　いや、それならこっちの方こそ……。ルルゥさんの立場

を考えずにすみませんでした」

「ふふ、やっぱりそうお考えでしたのね。私の立場なんて気になさらなくても良いですのに」

「そういうわけにはいかないですよ。大陸一のパーティなんですから。俺にできることはやります」

「まあまあ♡　可愛らしいくらい真面目《まじめ》な方ですね♡」

「真面目っていうか……実はちょっとイラっとしたんです……」

俺も先ほどのルルゥさんと同じように、職業《ジョブ》の力で結界の効果を確認しながら、慎重に囁く。

「まあ。一体なにに？」

「ルルゥさんを醜女扱いするのもそうですし、それに殿下は、一度もルルゥさんを名前で呼ばなかったでしょ？」

エルフを差別扱いしない、という体《てい》なのか、この国のひとたちはルルゥさんを『いないもの』として扱った。殿下はルルゥさんを気にかけてはいたものの、『エルフの君』としか呼んでいない。

「まあ……！」

「それに、ワインの時もそうです」

「珍しく頂戴《ちょうだい》しましたが……？　毒もなく、とても美味《おい》しいものでしたが……？」

「床にワイングラスを置くなんて、まるで犬にエサをあげるみたいじゃないですか。直接手渡さないにしても、もう少しやり方があるはずです」

「まあ……！　そんなことまで……？」

さっきまでの性欲を忘れたかのように、ルルゥさんは驚きに目を大きく開いて、俺を見る。

一方の俺は、思い出したらだんだんイライラしてきた。

「〝竜〟を倒して、大陸の脅威《きょうい》を払うために戦っているパーティのリーダーを相手に、それはないじゃないですか」

「マコト様……！　いえ、いいのです。私は気にしませんから……」

「ルルゥさんはそうでしょうけど……。俺はムカつきます。俺だけが変なのはわかってますし、俺の感覚が世間とズレているのも理解してますが、腹が立つのはどうしようもありません」

「……それだけで嬉しいですわ。マコト様がそこまで私のことを気にかけてくださっていたなんて」

ルルゥさんは俺の手を両手で包み込むと、感謝を示すように、その額《ひたい》をつけた。

「ありがとうございます、マコト様。今のお言葉だけで、二〇〇年の苦しみが晴れた気分です」

「……ルルゥさんがそう言うなら、良いんですけど」

「はい！　私、とっても嬉しいです！」

ぱあっと明るい笑みを浮かべるルルゥさん。絵画にして飾りたいほど綺麗だ。

しかし彼女は眉を曇らせて、

「でもマコト様？　それを外では言ってはいけませんよ？」

「わかってます。俺の故郷でも似たような差別はありましたし……。ルルゥさんの迷惑にはならないように気を付けます。ムカつきますけど」

「ええ、偉いですわ♡　よしよし♡」

むすっとしているところで頭を撫でられると、本当に年上のお姉さんに宥《なだ》められている気分になる。

いや本当にお姉さんだったわ。遥《はる》か年上だったわ。見た目は同い年くらいだから忘れてたわ。

「この話はここまで。良いですわね、マコト様？」

「はい。〝竜〟の話も、エルフ差別の話も、これでおしまいです」

「では――結界を解きます」

ぱん、とわかりやすく手を叩いて遮音と防視を解除するルルゥさん。

ん？

いま解くの？

「さぁ、マコト様♡」

先ほどまでの感動的な雰囲気はどこへ行ったのか。ルルゥさんは肉欲丸出しの瞳をらんらんと輝かせて俺に迫ってくる。

「たっぷり、愛し合いましょうね♡」

「え、おかしくないですか、これからえっちするなら、結界はあのままでも良かったんじゃ」

だって絶対、声出ますよね？　それもかなり大きめですよねルルゥさん？

しかしエルフの彼女は、

「これからえっちするから、ですよ？」

「へ？」

「さっきからちらちらと透視の魔術も感じますし……これは見られてもいますわね♡」

マジかよ！

先に言ってほしいな！

「それってのぞき……んむっ？」

覗《のぞ》き見じゃんって言おうとしたらキスで口を塞《ふさ》がれました。

「しー♡　だめですマコト様♡　しらないふり、しらないふり♡」

ひそひそと囁いてくるエルフに、俺も声を潜《ひそ》めて質問する。

「な、なんでそんなこと……？」

「決まってるじゃないですか」

にんまり、といった顔でルルゥさんが宣《のたま》う。

「見せつけてやるんですよ」

…………は？

第九話　エルフおちんぽレビュー

「うふふ。うふふふふふふふ……」

俺が大いに戸惑《とまど》っていると、ルルゥさんは妖《あや》しげな笑みを浮かべて、

「可哀そうですねぇ。お辛《つら》いでしょうねぇ。女は性欲が強いのに、子宮に理性を支配されているのに、ましてオークの皆様は大陸で一番の美女種族なのに、殿方を抱けるのは週に一度のみだなんて……」

まるで誰かに聞かせるように話しだし、語りながらも服を脱いでいく。

「本当、可哀そうで仕方ありませんわ？　わたくしは毎日、マコト様を抱けるというのにっ！」

自慢げにそう言い放ち、上半身を晒《さら》すルルゥさん。つんと上を向いた綺麗な爆乳が、ぷるんっと面白いくらいに揺れた。

「この醜《みにく》い胸が、マコト様は大好きなのですよね～？」

「えぇっと……はい……」

「巨乳……でしたか？　マコト様の故郷では、そう仰《おっしゃ》って、とても価値があるのですよね～？」

「ええ……まあ……」

おっぱいを自慢げに見せつけるルルゥさんはとても目に嬉しいのだけど、他人に見られてると思うと嫌だな……。

ルルゥさんに言われて気づいたが、確かに『視《み》られている』感覚がある。僧侶《クレリック》の力が俺にそう教えている。監視されていると。

それも一つや二つじゃない。いくつも、何人もの目が、この部屋を覗《のぞ》いている。

これから俺は、オークたちに見られながら、エルフとセックスをするのだ。

──なんなんだ、この状況……。

頭を抱《かか》えたくなる。

でもまあ、これもルルゥさんのためか。自分で『醜い』と言いながらも、その素振りからは、以前のような自虐《じぎゃく》は薄れているように思える。おっぱいも手でたぷんたぷん持ち上げたりしてるし。

美女たちに見られながら、自分がコンプレックスを抱いている部分を愛されれば、自信に繋がる──かもしれない。

それになによりも、ルルゥさんがそうしてほしいみたいだし。

「はい♡　マコト様、おっぱいですよ♡」

はぁはぁと興奮しながら、俺に乳首を差し出してくる爆乳エロフ。この人も見られると興奮する性質《たち》なのかな……。

「じゃあ……頂きます」

二次元でしかあり得ないような、大きくて張りがあってもちもちとした白い美乳の先端に、そのピンク色の乳輪に、つんと主張する小さめの乳首に、俺は吸い付いた。

「――はぁん♡」

ぶるるっと身体を震わせるルルゥさん。

ちゅぱっ♡　れろっ♡　と舌を動かして、エルフの乳首をころころと舐《な》めまわす。

「あんっ♡　マコト様ぁ♡　乳首っ♡　気持ちいい……ですぅ♡」

俺はあえて両手でルルゥさんの片乳を摑み、絞るように揉《も》みしだく。

「はあんっ♡　そんなっ♡　片方だけなんてっ♡　痺《しび》れちゃいますぅっ♡　焦《じ》れちゃいますぅっ♡　お願いですからっ♡　こっちもっ♡　こっちも触ってくださいっ♡」

片側の乳房《ちぶさ》にだけ愛撫《あいぶ》をする俺に、ルルゥさんはもう片方のおっぱいを寄せてきた。自然、谷間に顔を挟まれる格好になった。

「うぷ、ルルゥさん、これすっげぇ幸せです……！」

「んもう、マコト様ったら♡　あんっ♡　そうですっ♡　それ♡　とてもいいですっ♡　おっぱい吸われてっ♡　揉まれてっ♡　優しく弄《いじ》られるのっ♡　おっぱいがっ♡　こんなに気持ちいいだなんてっ♡　わたくし♡　知りませんでしたわっ♡」

ルルゥさんの美爆乳にむしゃぶりつきながら、両手でぎゅむぎゅむと感触を楽しむ。揉めば揉むだけ形を変えて、俺の手指を受け入れてくれる乳房は、この世のものとは思えないほどの官能を味わわせてくれる。

俺におっぱいを吸われ続けているルルゥさんも、俺の頭をぎゅうっと抱きしめて、いやらしい喘《あえ》ぎ声をあげている。

「んああっ♡　マコト様がっ♡　若い殿方がっ♡　二一九歳のエルフの私の胸にっ♡　まるで赤ん坊のように吸い付いてっ♡　離してくれませんっ♡　たまりませんわ♡　たまりませんわーっ♡　はぁぁぁああああんっ♡」

びくびくっとルルゥさんの身体が跳ねた。甘イキってやつだろう。

「はぁっ……んあっ♡　すごい♡　おっぱいだけで……♡　こんなに気持ちいいなんて……♡」

ルルゥさんは、乳房から顔を離した俺を見下ろして、ちゅう♡　とキスをする。金糸《きんし》のような美しい髪が、はらりとカーテンのように下りてきて、俺とルルゥさんの顔を隠す。

美貌のエルフが、二人だけの世界で、俺に妖しく囁《ささや》いた。

「マコト様のあそこ、とおっても固くなっておりますわよ♡」

と、俺の愚息《ぐそく》をズボンの上から「つんつん♡」と指でつついた。やばいです今のだけでもうやばいです。

そうして、あっという間に俺の服を脱がせていく。ほんと、この手際《てぎわ》の良さは何なのだろう。

「うふ♡　今日はシャツだけ脱いでいただいて――法衣《クレリック》はそのままでも良いですか？♡」

妙なことを口走るエロフ。あれか？　裸エプロンの僧侶バージョンみたいなものか？

「ルルゥさん、そういうのが好きなんですか……？」

「んっ!!!　怯《おび》えた子犬のようなその表情、たまりません♡」

質問に答えてください。

「大丈夫ですよ♡　痛くないですからねー♡　はぁはぁ♡　裸ショタ僧侶《クレリック》さま、最の高ですわ……！♡」

ショタではないんだが……。肉体年齢は十七くらいなんだが……。

あれよあれよという間に全裸にされたあと法衣（前垂れ）だけまた着せられる。変だよ。あとチンコの先っちょが擦《こす》れて痛いよ。

とか思っていたらルルゥさんが、

「ばさー♡」

なんて叫びながら俺の前垂れをめくった。スカートめくりみたいに。

「きゃっきゃっ♡　マコトくんの勃起《ぼっき》おちんぽ♡　丸見えですわよ♡」

はい、はい。

なんでこんな楽しそうなんだろうなこのひとは。

「じゃあマコトくん？　一緒にベッドへ行きましょうねー？」

手を引かれてキングサイズのベッドへ。全裸になったルルゥさんの後ろ姿はとても綺麗だ。腰までの長い金髪がさらさら揺れて、小さな肩や細い腕、そして後ろからでも見えるほどの爆乳に、ぷりっぷりのお尻。見ているだけでまた大きくなってしまう。

「はい、どーん！」

ベッドに押し倒される。されるがままの俺です。

「あらあらマコトくん♡　法衣が濡れちゃってますよ？　おチンポがこすれて汚れちゃってますよ？　これはいけませんね？　お姉さんがお仕置きしてあげます♡」

誰のせいだと。

「ぺろーん♡　んはぁ♡　マコトくんのおちんぽ♡　おちんぽ♡」

再び前垂れをめくられ、上半身にベルトで固定された。

ルルゥさんは俺の息子を至近距離でガン見して、はぁはぁと息を荒らげている。勃起して三〇センチほどにまでデカくなった陰茎《いんけい》を、ルルゥさんは前後左右ぐるりと移動しながら舐めまわすように凝視《ぎょうし》する。

「…………………」

俺は彼女の気が済むまでマグロ状態なのだが、ちょっと恥ずかしいな…………。

これ、オークの皆さんにも見られてるんでしょう……？

ていうかルルゥさん、透視《カメラ》に向かって俺のちんぽを見せつけてない……？

俺が顔を赤くしていたからか、ルルゥさんは俺の耳に口を寄せて囁く。

「（ひそひそ）ご安心を、マコト様。見せつけはしますが、記録には残させません。魔石には『〝竜〟が馬車をレイプしているシーン』が映るよう細工しておりますので♡」

ドラゴンカーセックスかよ！

魔法の無駄遣《づか》いが過ぎる！

無言のツッコミをする俺だが、ルルゥさんは大興奮だ。

「まあ♡　とぉってもご立派♡　すごいですわぁ♡　こんなぶっといもの♡　私の中に入るかしら♡」

　ちらっちらっとカメラを見ながらまるで実況するように語るルゥさん。

「この反《そ》り具合♡　まるで神に抗《あらが》う悪魔の角のよう♡　マンドラゴラも裸足《はだし》で逃げ出すほどいやらしく抉《えぐ》れたカリも素敵です♡　ぴくぴく浮き出る血管も若々しくてエッロいですわぁ♡　これはもう、女に搾《しぼ》り取られる肉棒ではなくて、女を孕《はら》ませるための凶器♡　ですわね♡」

　めっちゃチンコレビューしてくるなこのエロフ。

「でも一番素敵なのは～♡　こ～んなに立派なのに、まだとっても綺麗なことですわね♡　ピンク色の亀頭《きとう》ちゃんが可愛い♡　でもどうしてこんなに綺麗なんでしょう？」

　俺のチンポの根元を持って「くい」と横に倒しながら、自分も「くい」と首を傾《かし》げさせるルゥさん。お前の顔と俺のチンポを連動させるな。

「……って、あぁ～そうでした、そうでしたわ！　このおちんぽ、つい一カ月ほど前に私が童貞を頂いたばかりでしたわぁ～～!!♡♡　うふふふふふほほほほほほ!!!」

　このドヤ顔、アーシアちゃんたちにも見せてやりたい。

　あとなんか、上とか下とか両隣の部屋からどっかんどっかん音がするのはなぜだろう。喩《たと》えるなら、オークが怒りの地団駄を踏んでいるような音なんだけど。喩えっていうか、そのままかもしれんけど。

「んまぁ♡　ただ見ているだけなのに、どんどん大きくなっていきますわ♡　マコトくんは私のような大きな胸に細い腰がお好みなのですわよね♡　すごぉい♡　おちんぽから先走り汁がじゅわじゅわ溢れてきてますわ♡　私の肉体《からだ》で♡　興奮♡　なさってくれているんですね♡」

大きなおっぱいを持って、チンポに擦《こす》り付けてくるルルゥさん。

彼女自身も実況しているうちに興奮してきたらしい。あそこからおつゆが垂れているのがちらりと見えた。

「ではでは♡　さっそくお味の方を見ていきますわね♡」

れろぉ～～～とその舌でチンポの裏筋を舐める美少女エルフ。あまりの気持ち良さに、思わず腰が浮いてしまう。

ルルゥさんは巧《たく》みな舌使いで竿《さお》全体を舐めまわす。長いチンポがエルフの唾液《だえき》でてらてらになっていく。

次にカリをぐるりと円を描くように舐め、皮の裏まで舌を入れ、小さな口を大きく開けて亀頭を「はむ♡」と咥《くわ》え込んだ。そのまま口元は動かさずに、舌だけを動かして亀頭全体を舐めていく。

「うおっ……！」

呻《うめ》き声を出す俺を見て「にんまり♡」とする美少女エロフ。ひとしきり亀頭を舐めまわすと、その綺麗な唇で俺のチンポを「じゅぽっ♡　じゅぽっ♡」と上下にピストンさせていく。

「うぉぉ……ぉあっ……！」

チンポの先っちょに、温かくてぷにぷにとした柔らかい壁が当たる。それがこの美少女エルフの喉奥《のど》だと思うと、もうそれだけで果てそうなほど気持ちいい。

金髪爆乳エルフの献身的なディープスロート。

いや、どっちかっていうと綺麗なお姉さんエロフの逆イラマチオと言った方が正しいか。

ルルゥさんは俺のチンポにむしゃぶりついて、亀頭へ愛《いと》おしそうにちゅっちゅ♡　とキスしたり、カリをべろんべろんに舐めたり、皮を咥えて引っ張ってみたり、根元まで咥え込んで喉奥でチンポの感触を味わっていた。

「ルルゥさん――！　口だけなのに、めちゃくちゃ気持ちいい……！」

「んふ♡　あっ♡　ありがと♡　あんっ♡　マコトくんっ♡」

二〇〇年近く練習したおかげもあるのだろうが、

「初夜のときより……めちゃくちゃ上手《うま》くなってます……！」

「あんっ♡　うんっ♡　だって♡　この一カ月でぇ♡　たーくさん♡　おチンポ♡　食べたもんね♡　はぁんっ♡」

攻めてる側なのにルルゥさんが喘いでいるのと、手を使わないでフェラしてるのには同じ理由がある。思わず浮いてしまう俺の腰を左手で押さえ、右手で自分のアソコを弄っているからだ。

「くっ……。男のチンポしゃぶりながらオナニーするなんて、変態なんじゃないですか……？」

「あはあぁん♡　ちゅぽっ♡　そんな生意気なことを言う男の子にはぁ♡　れろぉ♡　おしおきですよ？♡」

と、左手を移動させ、俺の金玉をきゅっと握り、優しくころころと転がし始める。

「うおっ……！　ルルゥさん、それ反則っ……！」

「うふ♡　マコトくんのタマタマ様♡　私が握っちゃってます♡　んあっ♡　はぁ♡　これぇ♡　ここでぇ♡　マコトくんのせいえき♡　作ってるんだぁ♡」

つつー、と舌を亀頭から玉袋へ下ろしていくエロフ。絶世の美女が俺の性器をとことん愛しているこの状況、たまらない。

「がんばれっ♡　がんばれっ♡　マコトくんのタマタマ様っ♡　がんばれっ♡」

ルルゥさんは謎の応援をしながら、はむはむと金玉を咥えて、左手で竿をしごき始める。

「お姉さんのために♡　せいえきっ♡　たっくさん作るんですよー？♡」

「うっ、ルルゥさん、それ、ちょっと待って……！」

金玉を舌で転がされるのと、カリを左手でしごく動きが気持ち良すぎて、一気に精液が迫《せ》り上がってきた。

「イきそう？　マコトくん、イきそうなの？」

顔だけ見ればこの世のものとは思えないほどの美人エルフが、俺のチンポを虐《いじ》めながらきょとんとして訊《き》いてくる。

「イきそうです、ルルゥさん……！　ううっ……！」

すると彼女は、

「だーめ♡　まだイかせてあげませーん♡」

と動きをぴたっと止めてしまった。

「うおっ!?　く、なんで……！」

「うふふ♡　冗談です♡　はぁい、しこしこー♡」

「おおっ……！」

いたずらっぽい笑みを浮かべると、ルルゥさんはさっきまで自分のあそこを弄っていた右手も動員して、俺のチンポをしごきにかかる。

美女エルフの細く綺麗な指で、金玉と、竿と、カリを丹念にしごかれ、再び射精感が湧いてきた。

「ルルゥさんっ……！」

「うん♡　いいよ、マコトくん♡　お姉さんのどこに射精したい？　お口？　お手て？　それとも顔にかけたい？」

なんて残酷な選択肢……！　この美貌に精液をぶっかけて汚したい気もするし、このまま手の中で包まれながら出すのも気持ちよさそうだけど……！

「くっ……口で……！」

「はぁい♡　――ぱくっ」

ルルゥさんは嬉しそうに答えると、俺のチンポを小さな口で咥えて、再びじゅっぽじゅっぽ♡　としごき始める。搾精《さくせい》の動きだ。ピストンしながら口元がきゅうっと締まり、舌でカリを刺激しながら、右手では竿を擦り上げ、左手は玉袋をこねこねと愛撫する。

ルルゥさんの全身で吸い取られているような感覚だった。

それを味わったときにはもう、

「出るっ――――！」

俺の鈴口《すずぐち》からルルゥさんの口内に、大量の精液が飛び出していた。

びゅるるるるるる――――！

金髪爆乳美女エルフの口の中に、勢いよく射精した。

「んんっ♡　んむぅんんんっ♡♡♡」

金玉から尿道にかけて熱い塊《かたまり》が噴き出していく。マグマのような、という比喩《ひゆ》を聞いたことがあるが、決して間違いではなかったと思い知る。ルルゥさんの献身的かつ獰猛《どうもう》なフェラは、俺の中から生命力ともいえる熱いエネルギーを搾《しぼ》り取っていった。

びゅるっ！　びゅるっるるるるるぅっ！

「んん!?　んんんんんっ！♡♡　ごきゅんっ♡　ごっきゅん♡　ごっきゅん♡♡♡」

ルルゥさんが喉奥まで俺のチンポを咥えながら、必死に、かつ幸せそうに射精を受け止め、精液を飲み干していく。

女神のような美女の喉に亀頭を擦り付けながらする射精は――そして女神のような美女に自らの子種汁を飲み下される官能は、どんなオナニーよりも気持ち良かった。

「うあ……うぉぉ……」

魂まで出し切ったかのような射精に、俺の口から知らずに声が漏《も》れた。気持ちよくしてくれたルルゥさんを褒《ほ》めるように、職業《ジョブ》が俺の手を動かして、彼女の頭を撫で始めた。

そのときだった。

「じゅるるるるっ♡　ずぞぞぞぞぞっ♡」

すべて出し切ったと思ったのに、ルルゥさんは尿道に残る一滴たりとも取りこぼすまいという勢いでさらに搾り上げていく。

「うおっ、ルルゥさっ」

「じゅるるるるるるるるるるっ♡　ずぞぞぞぞぞぞぞぞぞぞぞぞぞぞぞぞぞぞぞぞっ♡」

金玉まで吸い取られるのではないかと思うほどのバキューム。そして、

「ぐちゅぐちゅぐちゅぐちゅ♡♡♡」

口の中で精液と唾液を攪拌《かくはん》し、

「ごっっっっっっっきゅん♡♡♡」

ひときわ大きな音を立てて、嚥下《えんか》した。

「――ぷはぁ♡」

ごちそうさまでした♡　と口を開けて、口内を見せる美女エロフ。マジで飲み干したらしく、彼女の整った歯と歯の間、舌の上、喉奥に至るまで、綺麗だった。

いや、ほんの少しだけ、白っぽいような、唾液とは違う液体が残っている。それがまたエロかった。

「マコトくんの精液♡　とおぉってもぉ♡　美味《おい》しかったです♡」

ぺろり、と舌で唇を舐めるエロフ。口元に付いた俺の陰毛までぺろりと舐めとって飲み込んでしまった。こ、この肉食獣《エルフ》……！

ベッドの上を、俺の股間からよじよじと這《は》ってきたルルゥさんに、腕枕を捧《ささ》げる。

「あん、マコトくん。もっと撫でてください。お姉さん、とっても頑張りましたよ？」

「はい……。とっても……気持ち良かったです……」

いたずらっぽく笑うルルゥさんに、俺は放心しながらも苦笑して、美しい髪を撫でる。

ルルゥさんは「はい♡　それでいいです♡」と楽しそうに笑い、魔術で水の塊を出しては、口に含んで飲み干した。口内を綺麗にしたのだろう。

「んー♡　マコトくーん♡」

と、キスを要求してくるルルゥさん。可愛い。

ちゅっ、と口づけをして、あれ、と思う。ルルゥさんの舌が入ってくる。それは良いのだけど、なにか飲まされ──おや？　この味は？

「んんっ？　ルルゥさんこれ……？」

「はい♡　エルフ特製の、精力増強剤《エナジードリンク》です♡」

謀《はか》られた……！

と同時に、びーん、と勃《た》ち上がる我が息子。

「まあ♡　相変わらず凄《すご》い効き目♡　それじゃあマコトくん？　今度はこっちで──♡」

するりと腕枕から抜け出して、俺の上に跨《また》がってチンポをあそこにあてがうルルゥさん。相変わらず凄い柔術ですね……。

「食べちゃいますね♡」

フェラしながらずっと濡らしっぱなしだったのであろう。前は太もも、後ろはお尻の方まで愛液でてらてらに光っている。

そんなアソコに、つい一カ月前まで処女だった膣内《ちつない》に、俺のチンポしか知らない女性器に、ルルゥさんは「いただきまーす♡」とだらしない顔で宣言しながら、俺の愚息を咥え込んでいった。

「んくっ♡　入ってくる♡　挿入《は》ってくるぅ♡　私の、なか、にぃ♡」

ゆっくりと腰を下ろしていくルルゥさん。

「はぁん♡　僧侶《クレリック》さまの♡　若い殿方の♡　びんびんおちんぽ♡　すっごい固いおちんちん♡たくましくて反りかえってて凶器みたいなイチモツ♡　私の膣内で動いてるぅ♡」

入り口はきつかったものの、中はぐちょぐちょに濡れていて、すんなりと入っていった。あっという間に女体の最奥《さいおう》まで届いてしまう。

「んあっ♡　おっきぃ♡　おっきぃですぅ♡　マコトくんのおちんぽっ♡　私の子宮とキスしてますぅ♡　んああっ♡　やっだめぇっ♡　あっあっあっあ――♡」

前のめりで挿入していたルルゥさんが、ぶるぶると身体を震わせた。膣の入り口がきゅうと絞まる。

「あれ？　入れただけでイっちゃったんですか？　ルルゥお姉さん？」

「んきゅっ♡　うんっ♡　うんっ♡　入れただけでイっちゃったぁ♡　マコトくんのおちんぽ♡　すっごいんだもん♡」

とろとろに蕩《とろ》けた顔で俺を見下ろす絶世の美女エルフ。

「私のっ♡　弱いところにっ♡　ぴったり当たってっ♡　まるでっ♡　私のためにっ♡　おちんぽがっ♡　はぁぁんっ♡」

ルルゥさんは騎乗位で挿入したまま、倒れ込むように抱き着いて、甘イキを繰り返す。

彼女の膣内がぎゅむぎゅむと収縮を繰り返し、愛液をどんどん分泌《ぶんぴつ》させていくのを、俺は勃起したチンポで感じていた。

「動かすね？　マコトくんっ♡」

「はい、ルルゥお姉さん」

見つめ合ってキスをして、ルルゥさんが俺に抱き着きながら腰を振る。前垂れを着けている俺の胸元に、ルルゥさんのメートル超え爆乳がぐにぐにと形を変えながら潰される。

お互いの肉体を求め合う、儀式じゃないセックス。

法衣がもどかしい。体がもどかしい。いくら口付けても物足りない、心と心を一つにしたい。

「マコトくんっ♡　マコトくんっ♡　マコトくんっ♡　マコトくんっ♡」

俺の顔を、髪をかき分けるように両手で挟みながら、ルルゥさんが愛おしそうに俺の名を呼ぶ。俺もそれに応《こた》えて、彼女の頭を撫でてキスをする。

「愛してます、ルルゥお姉さん」

「――っ！　マコトくっ♡　んあああっ♡♡♡」

ルルゥさんの膣内がぎゅむぅぅとうねって、俺の竿を強烈に締め上げる。射精を促《うなが》すその収縮に、俺も限界を迎えた。

「くっ、出ますっ、ルルゥお姉さんっ――！」

「うんっ♡♡♡　出してっ♡　射精してっ♡　私の中にっ♡　好きなだけ膣内射精《なかだし》してっ♡♡♡　私もっ♡　一緒にっ――♡」


「イくっ！」

「イきますぅ♡」


びゅるるるっるるっ！

射精する瞬間に、ルルゥさんが思いっきり腰を打ち付けた。まるで身体ごと子宮を下ろすかのように。

俺はその膣内に、ルルゥさんの言う通り、好きなだけ射精した。

どくどくどくんっ！　どぼりゅりゅりゅりゅりゅりゅりゅっ――!!

「んあぁっ♡　出てるぅ♡　出てますぅ♡　とびっきりのイケメン精液がっ♡　エルフの私の膣内にっ♡　飛び込んできますぅぅぅ♡♡♡」

びくびくと絶頂するルルゥさん。

「あっ♡　んあんっ♡　まだ出てるぅ♡　すごいのぉ♡　子宮が殿方の精液でいっぱいになってくのっ♡　感じますぅ♡　マコトくんの特濃ザーメンがっ♡　私の卵巣を犯しにっ♡　たくさんたくさんたっくさん来てますぅ♡　あっ♡　やだぁ♡　だめですぅ♡　おちんぽ抜いたらだめぇ♡　ずっと入れっぱなしがいいのぉ♡　マコトくんのおちんぽ♡　私のものなんですからぁ♡」

オークの透視《のぞき》を意識してるのか、やけにエロい発言をするルルゥさん。……っていや、いつものまんまか。いつもこんな感じだったな、うん。

「ルルゥお姉さん……！」

いくら射精されても足りない、と言わんばかりに締め付けてくる膣内のキツさを感じながら、俺は彼女を見上げる。

「マコトくんっ……♡」

ルルゥさんは愛おしそうに俺の名を呼ぶと、はむ♡　とキスをして、しなだれかかってきた。

俺は彼女の頭を撫でて、抱きしめる。

ルルゥさんの中に入っている息子が、ゆっくりと大きさを保てなくなっていく。股間に二人分の愛液が流れ出てくる。

はぁ、ふぅ、という息遣い。

汗と、唾液と、お互いの体温が心地よい。

射精直後の虚脱感に満ちた世界で、エルフの柔らかい肉体の重みだけが、現実のように思える。

「さぁ、マコトくん……？　もう元気になりましたよね？　勃起♡　しますよね？」

にゅっと俺の現実に割り込んでくる美少女エロフ。

「今度は、アレ、やってください♡」

アレ……？

「ほら♡　あの……路地裏でしていただいた、立ったまま抱《かか》えてくださる、アレ♡」

ああ、駅弁か。

「まったく……」

俺は悪ガキのように、にやっと笑い、

「しょうがない変態さんですね、るるぅお姉ちゃん？」

「はぁん♡　それぇ、ずるぃぃ♡」

お望み通りに、抱きかかえて、駅弁セックスした。

☆

三時間後。

「んはぅぅ♡　いっぐぅぅぅぅ♡　いぐっ♡　イぐっ♡　まだイっぢゃうっ♡　マコトきゅんのでかでかおチンポでぇっ♡　まだイっぢゃうのぉぉぉ♡♡♡」

びゅるるるるるるっ——‼

駅弁↓正常位↓バック↓押し車↓I字バランスと色々やった後、最終的に騎乗位へ戻り、獣のように喘いでイキまくるルルゥさんへ何発目かの膣内射精《なかだし》をして。

「まことときゅぅん……♡」

『ショタに屈伏《くつぷく》させられるお姉さん』を存分に楽しんだルルゥさんが、俺の胸に倒れ込むようにして抱き着いた。

「しゅきぃ……♡　だいしゅきぃ……♡　おちんちん、ぬいちゃだめよぉ……？」

「はい、はい、ルルゥお姉さん」

「えへへ……♡　いいこねぇ……まことときゅん…………」

手を伸ばして俺の頭を撫でるルルゥさん。俺もお返しに、彼女の髪を梳《す》くように撫でてあげる。

「…………………ふぅ」

すっげー出した……………。

さすがにぼんやりする…………のだけど、体はまだまだぴんぴんしてる。なんだろ、さっき飲まされたエルフ特製エナジードリンクのおかげか？

周りの部屋からはほとんど物音が聞こえなくなった。たまに、壁の向こうから獣みたいな声がしたけど、あれひょっとしてオークがオナ……いや何でもない、考えないようにしよう……。

窓の外には夜空が見える。今夜は晴れていて、月がよく見える。この世界、太陽は二つだけ

ど月は一つなんだよな。

ホウホウ、と鳴くのは鳥だろうか。外壁の向こうには原生林みたいな森が広がっていたから、師匠の洞窟で出くわした巨大鳥みたいなのもいるかもしれない。焼くと美味《うま》いんだよな。骨も大きいから取り除きやすいし。

迎賓室《げいひんしつ》は天井の造りも凝《こ》っている。幾何学《きかがく》模様の壁画みたいなのが天井いっぱいに描かれていた。モチーフが美女《オーク》じゃなくて幸いだった。ほんとに良かった。ルルゥさんとするときは騎乗位が多いんだから、勃《た》たなくなってしまうところだった。

そんなことをぼんやり考えて、数分が経過したころだろうか。

そろそろもう一回戦かな……？　と胸に抱き着いてる彼女を見てみたら、
ルルゥさんは、俺の胸に顔をうずめながら、眠っていた。

「すぅ……すぅ……」

珍しい。

いつも体力が有り余って、朝まで寝かせてくれないのに。

「でも……そうか」

今日は、色々あったもんな。

美女《オーク》の国に来て、ずっと張りつめていたのだろう。体力よりも精神力が尽き果ててしまったに違いない。

そりゃあ疲れるよ。

美女の中に放り込まれたら。

俺だって疲れたし。

美女の中に放り込まれちゃって。

「……めん、なさい、マコト様……。まだ……わたくしは……」

寝言で謝るルルゥさん。これは、たびたびある。何を謝っていたのかは教えてくれないのだけど。

俺は彼女を起こさないように、手を伸ばして掛け布団を引っ張り上げた。

「お疲れ様、ルルゥさん。おやすみなさい」

「んん……おやすみなさいませぇ……」

俺の胸の上ですぅすぅと寝息を立てるエルフが面白くて、少し笑って、目をつぶった。

睡魔は、俺にもすぐにやってきた。

こうして。

オークの国での一日は、ルルゥさんと繋がったまま、終わったのだった。


翌朝。

てっきり昨夜の『見せつけ』でメイドさんたちの扱いがさらに酷《ひど》くなるかと思いきや――。

「おはようございます、マコト様。ルルゥ様」

「朝食をどうぞ。マコト様。ルルゥ様」

「オクドバリー特製のミックスジュースはいかがですか？　マコト様。ルルゥ様」

と、なぜか待遇が良くなっていた。

殿下も殿下で、

「おはようマコト君、ルルゥ君。よく眠れたかい？」

「え、ええ、まあ……」

ルルゥ君って言った……。名前を呼んだ……。

「ほんとによく眠れたようだね。ふふ。いやぁ、凄《すご》かった。良いものを見せて……いやなんでもない」

ごほんごほんと咳払《せきばら》いをする殿下。あんたも覗《のぞ》いてたのかよ。

「君たちがここに宿泊したこととは特に関係はないのだけど、おかげで新しい夜伽《よとぎ》の楽しみが増えたよ。君たちとは無関係だけどお礼を言っておくね」

とウィンクされる。

メイドさんたちもうんうんと頷《うなず》いている。

「本当に――本当に良いものだった……。世界には、ああいうプレイもあるのだね……。エルフにレイプされながらも主導権を決して渡さないイケメン僧侶《クレリック》……ショタおねプレイ……エルフ敗北宣言でイキまくり……。捗《はかど》る！」

まるでAVレビューのような発言をして、ぐっとコブシを固める殿下。

捗んな。

「あー……ははは。です、か」

俺は何とも言えない表情で笑い、

「…………………………………………………………しにたぃ」

ルルゥさんは耳まで真っ赤にして、恥ずかしがっていた。

いや、あなたがやろうって言ったんじゃないですか。

可愛いけど。

☆

それから、しばらく経《た》った。

「あの……どうして俺は縛られてるんでしょうか……？」

隣にいる全裸のエルフに訊いてみる。

「はあ？　あんたこの状況でまだそんなこと言ってんの？」

反対側にいた全裸のエルフが鼻を鳴らした。

「笑うわ。坊やちゃん、ひょっとして経験ないのかな？」

この子は身長一五〇センチ前後で胸はBカップくらい。肉付きはそれほどないロリ体型。可愛い。坊やちゃん、とふくらみかけの子に言われるの、なかなかどうして悪くない。

「縛られた経験は……ないかな……？」

アーシアちゃん相手に縛ったことはあったけど、俺が縛られることはなかった気がする。

今度は後ろにいる全裸のエルフが興奮気味に、

「えっ、マジ？　ひょっとして——童貞!?」

ぐいっと顔を近づけてきた。端整な美貌が間近に迫ってどきどきする。美人だ。よく見えないけど、胸もそれなりにあるし、腰つきも良い。ルルゥさんほどじゃないけど。

正面に立っている一番偉そうなエルフが、

「一番は私だからね！　さぁ久しぶりの男……だいたい四〇〇年ぶりの肉棒……頂きまぁす♡」

全裸で舌なめずりをした。この人はアーシアちゃんより背が高い。一八〇センチくらいあるのでは？　それなのに、ほっそりとした筋肉質な体型が美しい。大きなおっぱいもさることながら、下半身がデカい。お尻と太ももがむっちりしてて、特にエロい。

「おやおや♡　こんな状況なのに勃起してるのかい？　坊やちゃん、実は変態なんじゃないのお？♡」

「ていうか、デカくない……？　こんな大きいの、入るかな……。いや、入れるけどさ？」

「やっぱ♡　ちょー美味しそう♡　見ながらオナニーしちゃお♡」

「ねぇ、早くしてよ！　私もう我慢できないんですけど!!」

そして俺も全裸である。椅子に縛られて、身動きが取れない状況だ。にも拘《かか》わらず、愚息は恥ずかしながらフル勃起している。

エルフたちは、身動きが取れない（ということになっている）俺の全身を、その細く綺麗な指や柔らかい掌《てのひら》で愛撫したり、形の良い唇でキスしたり、唾液たっぷりの舌で舐めまわしたりしてくる。

——ああ、これがこの世界の輪姦《りんかん》ってやつか…………。醜女《しこめ》が美男子（？）を集団でレイプするわけね…………。縛られているという点を除けば、ほぼほぼ性感マッサージ的なやつなんだけど……。

そりゃ勃起もしますわ。

エルフの美女たちに囲まれて、俺はため息をつく。

さて、どうしようかな……。

第十話　エルフの王

オクドバリーで一夜を明かした翌朝。

「もう行ってしまうのかい？　残念だよ」

ノルベルト殿下は至極《しごく》残念そうな顔で俺たちを引き留めてくれた。社交辞令だと思うけど、

「もう一晩……いや二晩……いや一週間……いやいやもうずっとここにいればいいのに君たち二人の部屋を用意するよどうだい？」

割とマジな目だった。

社交辞令じゃないかもしれない。

ここで「はい」と頷《うなず》くと、俺たちは滞在している間、ずっとオークたちに覗《のぞ》かれながら性生活を送ることになるんだろうな……。

職業《ジョブ》の力を総動員して、具体的には僧侶《クレリック》の顔になって、返答。

「ありがとうございます、殿下。ですが我らは冒険者。大陸冒険者ギルドの一員にして、〝竜〟や魔物と戦う者です。この大陸を、ひいては人界に安寧《あんねい》をもたらすため、往《ゆ》かねばなりません」

僧侶《クレリック》お任せモードにすると、穏やかな笑顔ですらすらとこんなセリフが出てくるの、ほんとすごい。

殿下は寂《さび》しそうに、

「そうか……。うん。わかっているよ」

理解してくれたようだった。

「さすがに毎日覗かれるのは辛《つら》いよな」

そこも理解してたんかい。

「でも、いつでも来ておくれよ？　儀式の方は冗談だとしても、また君たちの話が聞きたいのは本当だ」

セックスを覗かれるのは冗談じゃないんだが、それは置いておいて、ルルゥさんも一緒の扱いをされると少し誇らしい気分になる。

ルルゥさんも隣で「はい、必ずや……！」と感極《かんきわ》まっていた。

うん、と殿下は微笑む。俺と、ルルゥさんに向かって。

「だから敢《あ》えてこう言おう。――行ってらっしゃい、マコトくん、ルルゥさん。ご武運を」

殿下が力強くそう言うと、背後に控えていた大勢のメイドさん&衛兵さんたちも、一斉にお辞儀をした。

「「「行ってらっしゃいませ、マコト様、ルルゥ様」」」

俺も、はい、と力強く頷く。

「行ってきます。殿下もお元気で！」

「……………本当に、ありがとうございました」

俺とルルゥさんもまた一礼し、踵《きびす》を返す。

後宮《ハレム》の庭先で、ルルゥさんが転移結晶《テレポート》を取り出し、そして俺たちは転移した。

オークの美女たちと、王配《おうはい》殿下は、俺たちが消えるまで手を振ってくれていた。

☆

俺たちは一度、ルルゥさんの自宅へと戻った。

依頼《クエスト》の詳細がはっきりしたので、装備を整え直したのだ。

そのあと、ちょっとした出来事があって——。

オークの国を発《た》った、その翌日。

与えられた転移結晶を使い、俺たちは再び跳《と》ぶ。

——ん。

一瞬、寝落ちしたかのような意識の消失と復帰を終えて、次に目を開けると、またも森の中だった。

樹齢千年を超えてそうな大木がそこかしこに生えて、空は木々に埋め尽くされているものの、茂った木の葉の間から漏《も》れて差してくる日の光が神々《こうごう》しい。

地面には、大木の根っこや膝《ひざ》の高さまである草、奇妙ながらも美しい花が生えていて、ちょっと神秘的だ。

オクドバリーの城壁の外にある原生林……のようにも見えたが、かなり印象が違う。オクドバリー周辺の森はもっとおどろおどろしい雰囲気がした。

この森には変な鳥もいない。ひらひらと舞う蝶々はいるけど。

魔素《マナ》の味も違うし、あとなんか匂いも違う気がする。

――いい匂い……？

生前はほとんど嗅《か》いだことのないような香りだ。なんだろう。

「ルルゥさん、ここが……？」

一緒に転移した彼女に尋《たず》ねる。

「はい」

エルフの彼女は、どこか辛そうな表情で、答えてくれた。

「ここはエルフの国――フェアリアム。その『庭』ですわ」

なるほど。

「庭の中には危険エリアも含まれています。ルニヴーファのような『街の中にあるダンジョン』を大きくしたパターンですわね」

「庭、なんですか？」

「……まあ、そう言ってはおりますが、実際は城壁の外のただの森です。ただ、エルフにしてみれば庭のようなものというだけで」

その説明には納得だけど、ルルゥさんの態度が気にかかる。

「ルルゥさん、あの、機嫌が悪いですか……？」

「えっ？」

驚いた顔で俺を見て、

「あ、申し訳ありません、マコト様。顔に出てしまっていましたか……」

「い、いえ……。なにかありましたか……？」

俺が尋ねると、彼女は困ったように笑って、

「そうですわね……。説明は難しいのですけど……」

「はぁ……」

「地元が嫌いなのですわ」

すげぇ簡潔に説明してくれたわ。

地元って。エルフが地元って。田舎《いなか》のヤンキーか何かか？

ルルゥさんはため息をつく。

「私、この国でも一番の醜女《しこめ》でしたから……。エルフって、全員が全員醜《みにく》いから、その中でも醜女は特に『構われ』るんです……」

「ああ……そうなんですね……」

同族意識で仲が良いわけじゃなく、同族でさらに弱いものを叩くのか……。

それは……辛いな……。

「オークの国は、みなさん『余裕』がありますから、ことさらにエルフを構うようなことはしませんでしたけど……」

ここではそういきませんわね……と深刻そうなルルゥさん。マジで辛そう。ひょっとして、虐《いじ》められた記憶とかフラッシュバックしてる？

「あの、大丈夫ですか？　なんだったら俺だけで行ってきます……？」

すると彼女は目を大きく開けて、

「だだだダメです絶対ダメです！　マコト様が一人で行ったら大変なことになりますよ⁉　エルフの国に男が一人で入るなんて、レイプしてくれって言っているようなものです‼」

変換。

美少女が一人でオークの棲《す》み処《か》へ行く。

「……やばいですね」

「やばやばですわ！」

「わかりました。でもルルゥさん、無理しないでくださいね？　俺だって、ルルゥさんの手助けくらいできるんですから」

彼女の手を取ってそう告げると、

「まあ……！」

ルルゥさんは感動したような声を出した。

「お姉さん、とても嬉しいです……！　マコト様がとっても勇敢《ゆうかん》です♡」

苦笑してしまう。勇敢って。

さすがに一人で〝竜〟と戦うのは無理でも、エルフのひとたちと話すくらいなら大丈夫じゃない？

オークの国のひとたちはみんな穏やかで優しかったし、ここもそうだろう。オークじゃなくてエルフだし。

………。

なんて。

もちろんその考えは浅はかだったと俺はあとでわかる。ていうか、バカだった。ルルゥさんにあれだけ話したのに、俺自身もわかっちゃいなかった。

オーク、じゃなくて、エルフ、な、のだ。

余裕のあるオークじゃなくて、必死なエルフなのだ。

「ええ、ルルゥさんは俺が守りますよ」

「美少年に守護《まも》られる……！　良いですわね♪」

ルルゥさんが俺と腕を絡《から》ませ、るんるんと庭を通って、エルフの国に入り、

「…………申し訳ありません、マコト様」

五分後には、俺は牢獄に入っていた。

うーん。

☆

大陸南部・スノップス地方。

エルフの国、フェアリアム。

王の間。

大木を刳《く》り貫《ぬ》いたようなその塔が、王の住む居館にして、政務を行う王城である。だが、

――なにが、王ですか。

と、通された私《ルルウ》は憮然《ぶぜん》とした顔で思う。

領土の規模は確かに大きい。ルニヴーファといった複数の種族が住む国にもひけをとらないだろう。

だがそのありようは『村』だ。

閉鎖的な環境。古臭《ふるくさ》い掟《おきて》。顔見知りの住民たち。

ただ『広い』だけで、ここに住むエルフは多くない。せいぜい三〇〇人といったところ。

そんなもの、国とは呼べないだろう。

だというのに、この村は見栄《みえ》を張って『国』と称している。外交のため？　『国』とした方が他所《よそ》と取引がしやすいから？　そういう理由も確かにあるだろう。けれどそんなのは後付け

だ。『醜い自分たち』を少しでも立派に見せようと、必死に取り繕《つくろ》っているだけに過ぎない。

その代表格である『エルフの王』が、私の前に座っている。

「よく戻りましたね、ルルゥ」

「は――。ロザリンダ様。お久しゅうございます」

王というよりは族長だ。この大広間も、オクドバリーのそれに比べたら貧相で野蛮で原始的である。窓ガラスはおろか、レンガすらおぼつかない。何度、森ごと燃やしてやろうかと考えたことか。

そんなふうに考えている私を見て、王が不思議そうに尋ねる。

「……どうしました？　ルルゥ」

「いえ、なんでもありません」

「そうですか。長旅で疲れているのかしら？」

「いいえ、転移は一瞬でしたから」

「まあ」

と王は少し驚いたように声を上げた。

「そうよね。最近は便利な魔術もあるのよね。あなたみたいに若い子なら、きっと上手《うま》く使いこなしてしまうのでしょう」

うふふ、と王が微笑む。

おや、と私は思った。王の態度に、ではない。私自身の反応についてだ。

少し前の自分なら、いまの言葉を聞いたらきっと「それは冒険者として外で生きていくしかない私への嫌味かしら？」と思ったに違いない。

けれど今はなぜか、「このひとひょっとして、表裏がないひとなのかも？」などと考えたのだ。

たった一〇〇年の冒険の日々が自分に影響を与えたのか。

あるいはもっと短い――たった一カ月の殿方との日々が私を変えたのか。

――余裕、かしら。

マコト様がいる。

自分にはあの方がいる。あの方に愛されている。

それが自信となっているのだろうか。

「では、ルルゥ。オークの王様から頂いた手紙を見せてくださる？」

「その前に、ロザリンダ様」

ちら、と私は、王城の隣に立つ、もう一つの大木の塔へ目を向ける。

「マコト様を、今すぐ解放してください」

☆

あの塔に、マコト様は連れていかれた。

いえ、私は反対したのです。マコト様を単独行動させるなど。

しかし衛兵長のサビーナが、

「王に謁見《えっけん》できるのは一人のみ。僧侶《クレリック》の方は、別室で待機していただく」

などという口実で連れていってしまった。

よし殺しますわ、と武器に手をかけた瞬間、マコト様は「大丈夫です」と言って微笑まれました。

「これも俺の仕事ですよね。ルルゥさんも、リーダーの仕事をしてきてください。待ってますから」

にこり。

――はぁぁぁぁんマコトきゅぅぅぅぅん♡

胸がキュンキュンしました。待ってますから、で微笑むのズルくありません？　これはあとでお仕置きですわね♡

周りにいた醜女《エルフ》どもも皆揃《そろ》って「きゅううううん♡」としていますわ。顔が真っ赤。長耳の先まで真っ赤っか。

そうしてマコト様は迎賓室《げいひんしつ》へ案内されたわけだが――。

☆

「解放……ですか。僧侶《クレリック》の方にはお待ちいただいているだけですよ？」

「とても安全とは思えません」

「もうルルゥったら――」

王は困ったように笑い、

「容姿だけじゃなく、心まで醜くなってしまったの？　そんなことだから、国民にも嫌われてしまうのですよ」

と、諭《さと》すように言った。

――ああ。

やっぱりこのひとは苦手だ。

裏表がないのは確かだった。このひとは、相手の気持ちなどわからないに違いない。

――王というのは、それくらい図太くないとやっていけないのかもしれませんね。

醜いと言われた程度で今さら傷付いてはいられない。私は説得を続ける。

「では、私が迎賓室へ入室する許可をお与えください」

「まあ。そこまで信用できないの？　仕方のない子ね」

ふう、と王はため息をつく。

「あなたが出ていってから一〇〇年くらいだったかしら。S級冒険者になって戻ってくれたのはありがたいけれど……あまり我《わ》が儘《まま》を言うようでは困ってしまいます」

なにが我が儘なものか、と心の中で舌打ちをする。

「それともあなた——冒険者として名を上げれば、自分の醜さが補えると思っているのかしら?」

「……私が醜いことはもう良いですから、マコト様のもとへ行かせてください」

立ち上がる、だが。

「手紙が先ですよ、ルルゥ。仕事をなさい。あなたから冒険者《しごと》を取ったら、もう醜悪さしか残らないでしょう?」

エルフ王は、まったく悪びれずに、ただ事実だけを述べたように、優しく微笑んだ。

第十一話　逆転エルフ／焦燥プレイ

国で一番醜《みにく》い私は、国で一番嫌われていた。

同じ年ごろのエルフから嫌われた。

姉からも嫌われた。

妹からも嫌われた。

祖母も、伯母《おば》も、叔母《おば》も、従姉《いとこ》も、従妹《いとこ》も、私を疎《うと》ましい目で見た。

父はいない。会ったことがない。私が生まれる数年前に亡くなったらしい。この国で唯一《ゆいいつ》の男性だった彼は、最期《さいご》までエルフ族に奉仕して死んだ。立派な人間だった。

母は――。

母だけは、違った。あのひとは私に謝り続けた。「綺麗な子に産んであげられなくてごめんね」と。

せめて邪険にしてくれたら良かったのに。あんたのせいで自分まで責められると、そう罵《ののし》ってくれたら良かったのに。

そうであれば、もっと楽なのに。

私が一一〇歳になったころ、その母が死んで、私は国を出た。

あれから一度も、お墓には行っていない。

たぶんこれからも行くことはないだろうと、墓地へ続く道をちらりと見て、私は思う。

無自覚に貶《けな》してくる王に手紙を渡し、マコト様の待つ部屋へ行く許可を貰《もら》った私は、王城とされる木々の間の道を歩く。すると、

「え……あれ、ルルゥ？」

「帰ってきたの？」

顔見知りのエルフたちが、私を見つけた。

口を開き、小鳥のように、ハエのように、耳障《みみざわ》りな音を立てて喋《しゃべ》り始める。

「相変わらず酷《ひど》い顔ねぇ……」

「しーっ、ダメよそんなこと言っちゃ。本当のことでも」

「冒険者になったと聞いたけれど？」

「嘘に決まってるわ。おおかた、国の外に男を漁《あさ》りに行ったんでしょう？」

「たった一〇〇年くらいで帰ってきちゃうなんてね」

「仕方ないじゃない。あの容姿だもの。世界中どこを探したって、相手にしてくれる殿方が見つかるはずないわ」

あなたたちだって似たようなものでしょうが。

フードで視界に蓋《ふた》をして、黙々と歩いていく。

——お母さま。

罵ってくれたら、良かったのに。

そうすれば、私も、「どうしてこんな顔に産んだんだ」って、言い返せたのに。

己《おのれ》の醜さを、誰のせいにもできないまま、私はただ歩《あゆ》んでいく。

女に生まれなければ、エルフに生まれなければ、この顔に生まれなければ。

そんな、しようもないことを考えながら。

私を嗤《わら》うエルフたちも、この国から一歩外へ出れば『草女《くさめ》』などと馬鹿にされる。オークはもちろん、人間《ヒューム》やドワーフからすれば、エルフであるだけで醜いのだから。

だからだろう。

遠からず、この国は亡びる。

エルフの国には『夫婦』がない。男がいないのだから当然だ。

どの国でもそうだが、男性は生まれにくい。そして、こんな醜女《しこめ》ばかりの国に、外から殿方なんて来るはずがない。

長命種といえど、次代が生まれなければ滅びるのは不可避。だから種付けのため、外部から男性を王配《おうはい》として招いていた。

いや、ほとんどの場合は、買っていた。

四〇歳を越えた男娼・神官の男性や、他国で問題を起こした男性を、エルフの国は買っていたのだ。

私の父親は先々代の王配で、神官だった。やはり教会に多額の寄付をして、来ていただいたらしい。王配の地位についたときには、四五歳を越えていた。

ただでさえ性欲の薄い男性。さらに四五歳という人間《ヒューム》としては高齢なこともあって、夜伽《よとぎ》は一週間に一人だけ、射精一回だけだ。

週に一度、その順番が来るのを、国中のエルフが涎《よだれ》を垂らして待っていた。

母もその一人であり、一〇〇年ぶりに殿方と性交した彼女は、私を身籠《みごも》ったのだ。

そして生まれた娘は、国一番の醜い女だったのだが——いまは置いておく。

問題なのは、現職の王配がいないこと。

先代の王配も亡くなって久しい。

王は新しい王配を探しているが、見つからないようだ。

だから、この国のエルフはもうずっと、夜伽《よとぎ》の相手をしてくれる者がいない。

子孫を残せない。

そして城壁の外——庭には、危険エリアが広がっている。淫欲《いんよく》の呪いは歴然と存在する。

つまり、呪淫《じゅいん》が猖獗《しょうけつ》を極めているのに、儀式《セックス》による解呪《かいじゅ》ができないのだ。魔物の掃討《とうばつ》も進まない。

さらに、危険エリアに封じられている〝竜〟が活発化してきており、モンスターが溢《あふ》れそうでもある。

このフェアリアムは、ルニヴーファと同じような——いやもっと酷い状況に陥《おちい》りつつあった。

かつてない、国の滅亡の危機だ。

殿方はおろか、僧侶《クレリック》やギルド神官もいないこの国は、少子化と危険エリアの侵蝕《しんしょく》で風前の灯《とも》火《しび》にある。

それを――片方だけでも救うべく遣《つか》わされたのが私たち。

ではあるものの。

――モチベーションは最低ですわね。

王どころか、民《たみ》にまで馬鹿にされる始末。

まあ、いつものことですけれど。

「はぁ」

とため息をついて、私はマコト様の待つ迎賓室《げいひんしつ》へ赴《おもむ》いた。

☆

「はぁ」

とため息をついて、俺は改めて状況を確認する。

通された部屋は確かに来賓をもてなすためのものだったが、なぜか出入り口や窓には格子《こうし》が嵌《は》められていた。

俺の世界ではこれを牢獄と呼ぶ。いくら内装が凝《こ》っていてもだ。

しかし聞くところによると、これはむしろ『守る』ためなのだという。エルフという肉欲獣から、来賓を保護するために、格子を備えているのだと。

水族館……いや、サファリパークみたいなものだろうか。危険なサバンナを模した草原に、鉄格子の付いた車で探検、見学しに行くアレ。

そう納得した俺は、出されたお茶に口をつけて、しまった、と思う。

毒だった。

いや正確には、眠り薬だった。

急激に視界が歪《ゆが》む。ぐるぐると。ぐにゃぐにゃと。

部屋の奥から、わらわらとエルフの美女たちが出てくる。

俺を連れてきた衛兵長のサビーナさんが「ひっひっひ」と悪い顔で笑っている。美人が悪い顔するとかなり迫力が出ますね。

眠気に抗《あらが》うように、大声を出そうと試みる。しかし現実には、ろれつの回らない言葉しか出てこない。へにゃへにゃだ。

「今の俺を……眠らせるには……相当の毒が……」

「トロール一〇匹を昏倒《こんとう》させる薬だ。ルルゥの仲間なんだから、それくらいは用意する」

「いや……下手《へた》したら……死んでるよ……しょれぇ……ぐぅ」

我ながら間抜けだった。

そう反省したころにはもう、俺は深い眠りに落ちていて——。

わけだ。

気が付けば全裸で椅子に縛られて、同じく全裸のエルフたちから全身接吻《リップ》攻めに遭《あ》っていた
ほんとに間抜けだ。今ごろ死んでたっておかしくない。〝竜〟と戦ってちょっと経験を積んだからって、油断しすぎだ。

「はぁ……」

「あんた……マコト、だっけ？　なかなか可愛い坊やじゃん……？」

俺の顎《あご》につつーと指を這《は》わせながらそう言うのは、ロリ体型のエルフ。微《かす》かに膨《ふく》らんだ胸と平ぺったいお腹《なか》、小さなお尻が可愛らしい。勃起《ぼっき》します。

「マジで男だ……。あたし、男見《み》んの初めてなんだけど……。えっ、これがチンポ？　マジチンポ？　うっわ、匂いやらしー……！」

俺の愚息《ぐそく》に顔を近づけてくんくん嗅《か》いでは涎を垂らすのは、アイドル顔負けの美貌を持つエルフ。均整の取れた肉体はグラビアモデルのようでもあり、勃起します。

「ルルゥのパーティメンバーだっていうからどんなブサイクが来るのかと思ったら、こんないい男だなんてねぇ。アイツ、どんだけ金を積んだのか知らないけど」

俺の胸をぺたぺた触りながらはぁはぁと荒い息を吐くのは、高身長で筋肉質なエルフ。特に、下半身――骨盤から太ももまでがデカくてエロい。ちなみにこのひとが衛兵長のサビーナさんである。勃起します。

そしてその後ろにはさらに三人ほど、下着姿みたいな格好のエルフが談笑しながら待機して

いる。あ、これ同人誌で見たことある。輪姦《りんかん》する順番待ちのモブたちだ。

輪姦というか、俺からすれば逆レイプなので、ハーレムに見えなくもない。

「はぁ……」

エルフたちに囲まれて、今にでも犯されそうな状況で、しかし俺は余裕のため息をつく。

どうしようかな……。

こんな拘束はすぐに解けるし、逃げるだけなら簡単なんだけど、正直ちょっと犯されたい気もする。

俺の中の職業《ジョブ》――僧侶《クレリック》の意識は『これも修行のうちです。報《むく》われない者たちにその身を以《もっ》て献身し、慰《なぐさ》めるのです』とか言う。どっちかっていうと慰み者にされるのは俺の方だと思うし、パーティのみんなに対する浮気だとも思う。

ルルゥさんは、アーシアちゃんには普通に俺を貸した。「同じパーティの女に好き勝手犯されるんですよ♡」とか言ってたくらいだから、パーティメンバーであれば問題ないのだろう。

師匠もやや反則とはいえ同じパーティになったからOKだった。

でもこのひとたちは違う。なんなら、ルルゥさんを『醜女』として馬鹿にしてさえいると、彼女らの口ぶりでわかる。

そういうひとたちに、俺がみすみす犯されるのは、ルルゥさん的には面白くないっていうか、むしろネトラレになるのではないだろうか。俺が喜んでるならなおさらだ。

でもルルゥさん、そういうのも好きそうだったよな……。俺がジジイ師匠に犯されてたかもって話を聞いた時も興奮してたし……。

うーん。

どうしたものかと悩んでいる間にも状況は進行していく。

ハリウッドモデルみたいなサビーナさんが、その綺麗な腰を、俺の股間に下ろして、先っちょと先っちょが触れたところで――ちょっとしたアイデアが浮かんだ。

面白そうだ。

これでいこう。

俺はいまにもチンポを挿入《くわえ》ようとしている彼女を見上げて――うわ美女が肉欲満々な顔してるエッロ――「あのう」と声をかけた。

「もう一度訊《き》きますが、どうして俺は縛られてるんでしょうか？」

「は？　犯すからに決まってるだろ？」

「俺を犯すんですか？」

「だからそう言って――あんたなんで」

縄がほどけてる？　とサビーナさんが言い終わる前に、彼女の体を支えた。倒れないように。

エナジードレイン。

彼女から、生気を奪った。

「なっ――!?」

がくんっ、とサビーナさんの身体から力が抜ける。俺は彼女を支えつつ、床に寝かせて、

「さて、と……」

ゆっくりと立ち上がる。

「え？　え？」と事態が飲み込めない美女たちを見渡して、とびっきりの僧侶《クレリック》スマイルを浮かべて、言う。

「逆転《い》モノに、興味はありますか？」

犯されるのは、あなたたちの方です。

☆

迎賓室の扉を開けると、そこは乱痴気騒ぎ《パーティー》会場だった。

「ほら、どうしたんです？　私のチンポが欲しいなら、浅ましくおねだりしなさい」

「はぁぁぁん♡　僧侶《クレリック》さまぁ♡　お願いです、お願いです♡　私にその大きなおチンポを入れてくださいぃぃぃ♡」

「いいえ、私が先ですぅ♡　どうか、どうかマコト様ぁ♡　この卑《いや》しいエルフの卑しいアソコに、あなた様のおチンポ様をお恵みくださいぃ♡」

「しょんなぁ♡　擦《こす》るだけなんて我慢できないですぅ♡　もうスマタじゃ我慢できないですよぉ♡　あたしにっ♡　そのおっきくてあっついおちんぽ♡　ぶちこんでくださいぃ♡」

全裸のマコト様に、全裸のエルフたちが群がっている。

しかしそれは、一人の男を集団でレイプするような光景ではなく。

聖人にひれ伏して憐《あわ》れみを請《こ》うような。

金持ちに土下座して物乞《ものご》いをするような。

そんな光景だった。

一人だけ立っているマコト様が、ご自身のイチモツも立派に勃《た》たせており、その周囲におそらくエナジードレインによって力を奪われたエルフ女たちが、服従した犬が腹を見せるように足をはしたなく広げてアソコを晒《さら》している。

マコト様は一人ずつ、その股ぐらに腰を下ろしては、女性器にすりすりと肉棒を擦り付けて、入り口とクリトリスを刺激するものの、決して挿入はしないようだった。

そうして焦《じ》らしまくったあと、おもむろに立ち上がり、また別のエルフの足の間に座り、スマタをする。それを繰り返している。

「ひぃぃんっ♡　そこでやめるのずるいぃぃぃ♡」

「なんでぇぇぇ♡　なんで入れてくれないのぉぉぉぉ♡」

「お願いしますっ♡　もう子宮がうずいておかしくなりそうなんですぅぅ♡」

悲鳴に近い嬌声《きょうせい》が部屋中に響き渡っている。それを上げているのは、かつて、そして今も私を馬鹿にしてきた女たちだ。

「ま、マコト様……」

「あ、ルルゥさん」

呆然と突っ立っていた私に気付いて、マコト様が振り返った。少しバツの悪そうな顔をして、

「すみません。うっかり毒を盛られてしまって……」

「い、いえ、今のマコト様なら多少のことなら大丈夫かと思っていましたが……しかし、これはいったいどういう……？」

「それも、すみません。俺の独断なのですが……」

と人間《ヒューム》の彼は頬をかく。

「このひとたちが俺を犯そうとしたので」

「はい」

「でもルルゥさんの許可なく犯されるのはダメだろうなーと思って」

「はぁ」

「あとルルゥさんを馬鹿にしていたので」

「は、はぁ」

「こういうのルルゥさんも好きそうだったので」

「えっと」

「『ルルゥさんの許可なく挿入できない』というルールで遊んでました」

ごめんなさい、と謝るマコト様。

ちょっと何を言ってるかわかりませんね？

☆

俺が思い付いたアイデア――『逆転エルフ／焦燥《しょうそう》プレイ』を実行していたら、ルルゥさんがやってきた。

俺はルルゥさんに事情を説明する。

すると彼女は、

「確かに……マコト様が他のエルフに犯されてしまうのは我慢なりません」

「ですよね」

「輪姦《まわ》されるなら私の見ている前でお願いします」

ちょっと何を言ってるかわからない。

え、やっぱりネトラレ趣味もあるの、このひと。

「変態じゃないっすか……」

「はうっ♡　イケメンショタに蔑《さげす》みの目で見られるの、イイっ……♡」

びくんびくんするな。

あとショタではない。

「それじゃルルゥさん、どうしましょうか？」

足元から「挿入してぇ♡」「お願いしますぅ♡」「セックスしてくださいぃ♡」「もう我慢できないのぉ♡」という、たくさんの悲鳴のような嬌声が響く中、俺はパーティのリーダーに尋ねた。

「謁見《えっけん》は終わったんですよね？　すぐに調査へ行きます？」

そんなぁ～～、という声がこだまする。

ルルゥさんはやや引き気味に、

「え、ええ……。そうですわね……？」

「このひとたちはこのままで良いですか？」

「えっと………」

俺が床を見渡すと、親に置いていかれる子供のような、目の前でエサを取り上げられた動物のような、怯《おび》えと落胆の目で俺たちを見上げる美女集団がいた。

「ま、待ってください、マコト様ぁ！」

「坊やちゃん、お願い！　さっきのことは謝るからぁ！」

「せっかく処女卒業できると思ったのにぃ！」

少し力が戻ってきたのか、俺の足に縋《すが》り付いてくるエルフたち。全裸の彼女らは、髪も、背中も、足の裏までも、とても綺麗だった。

ロリ体型のエルフが、薄く平べったい胸を押し付けるように俺の足を抱《かか》えている。天使みたいな子にセックスを求められているみたいで勃起します。

グラビアモデル体型のエルフが、俺の腰にしがみ付いてチンポを握ろうとするのを片手で払う。アイドルに襲われてるみたいで勃起します。

高身長のエルフ衛兵長が、俺の足の指をぺろぺろと舐《な》めている。高貴な姫騎士を性的に従えてるみたいで勃起します。

だが。

俺は僧侶《クレリック》スマイルで答える。

「おやおや、お願いする相手が違いますね？」

エルフたちは俺を見上げ、戸惑《とまど》いの表情を浮かべた。

「えっ…………」

「相手……………？」

「どういう……こと……？」

俺は微笑みを崩さずに、

「私は『ルルゥさんが許可した相手にしか挿入しない』と、そう言ったはずですが？」

ぎくっ、とエルフたちの顔がこわばる。

「そっ、それはっ……！」

「ルルゥに…………!?」

「あんな奴に……頼むなんて……」

お互いに顔を見合わせたり、ルルゥさんを見たり、口々に抗議のような声を上げる。

だが、ルルゥさんに許可を求めようとするエルフは、一人もいなかった。

ムカつきますね？

「では仕方ありません。――ルルゥさん、行きましょう」

「え……」

驚いたように声を上げるルルゥさん。

「俺たちの仕事は調査です。ここで無駄に精力を使うのはいけませんよね」

「そ、そうですわね……？」

足に縋り付いてきたエルフたちから再びエナジーを奪って無力化、くたりとする彼女らをまたいで、困惑《こんわく》した様子のルルゥさんの手を取った。

部屋の入り口へと向かう。

「待ってくださいマコト様ぁ！」

「こんなに濡れてるんですよ！」

「おちんちん！　おちんちん欲しいよぉ!!」

にこにこ笑いながら、振り返りもせずに答える。

「だめでーす」

ルルゥさんへの態度を改めるまでは絶対に挿入してあげない。

俺とルルゥさんは、部屋中に落ちているアソコ――じゃない、這いつくばっている美女《エルフ》たちを置いて、鉄格子の扉を開けた。

背後から泣き叫ぶ声が聞こえる。

「「「待ってー!!　チンポー!!!」」」

チンポ言うな。

牢獄の扉を閉め、鍵をかける。なるほど、確かに有効だわコレ。

力が戻ってきたエルフが、鉄格子に詰め寄ってがっちゃんがっちゃん揺らすさまは、美人ゾンビの群れみたいだった。ちょっと怖い。いや、あれらに輪姦《まわ》されそうになったのだと思うと、かなり怖い。

「じゃあ行きましょうか」

「は、はい……」

エルフたちの叫び声は、塔を降りてもまだ聞こえていた。

☆

迎賓室という名の牢獄から出て、装備を取り戻し、服を着て、塔（というか大木）から降りてすぐ。

俺は我に返った。

そして反省した。

「……ごめんなさいルルゥさん。ちょっと調子に乗ったかも」

「えっ」

「ルルゥさんが馬鹿にされてるのがムカついちゃって、つい……」

「まあ」

驚いたように口に手を当てるルルゥさん。「うーん」と考えた様子で、

「そうですわね。少し、調子に乗っていたかもしれません。でも、可愛かったのでＯＫです♡」

よくわからない判定だった。

「それに、私も気分が晴れましたし。ありがとうございます、マコト様♪」

「なら良いんですけど……」

「故郷《じもと》の連中がセックスできない相手と、私は毎晩セックスできる――。これ以上の優越感はありませんわ♡」

「そう思ってくれるなら嬉しいです。俺も、ルルゥさんみたいな美人とエッチできるの、すげえ幸せですよ」

「まあ♡　マコト様ったら、お優し――いいえ、嬉しいですわ」

俺がお世辞を言っているわけじゃないと察したのか、ルルゥさんは言い直した。よかった。

やっと伝わるようになったのかもしれない。

「あんな醜女たちに囲まれていたのに、マコト様、すっごく勃起してらしたものね♡」

つつ、と俺の股間を触ってくるルルゥさん。手つきが痴漢です。

「恥ずかしながら……あはは……」

「ブス専というの、本当に本当なのですね。でも、挿入しなかった。嬉しいです、私」

俺を見上げながら、ルルゥさんは、きゅっ、と手を握ってくる。

「ルルゥさんの見てる前じゃないと、輪姦《まわ》されちゃいけないんでしたっけ？」

「うふふ。その通りです♡　もっとも、私が許可しないと、おチンポ入れてあげないのでしょう？」

いたずらっぽく笑う彼女に、俺も同じように微笑んでみせる。

「そうですよ。俺は『双烈《そうれつ》』の僧侶《クレリック》ですからね。パーティ専属です」

「もー、マコト様ったらだいすきっ♡」

抱き着いて、ちゅっちゅっ、とキスしてくるルルゥさん。可愛くてきれいでかわいい。

遠目に俺たちのことを見ているエルフたちが呆然としているが、気にしないことにする。

そんな感じでイチャイチャしながら城壁まで歩いてきた。

「では、お仕事に参りますわよ？　お覚悟はよろしくて？」

「はい！　レベルが上がった俺の実力、見せてあげますよ！」

「うふふ。楽しみですわ♡」

意気込む俺を見て、ルルゥさんはお姉さんのように微笑んだ。

第十二話「私の戦闘力は53万です」

あれは、オークの国から戻ってきてすぐのこと。


「イィィィヤッホ――――――――ウ！」

俺は。

跳び上がっていた。

「あっははははは！　あははははははははーっ!!」

空高く。

跳躍していた。

文字通りに――そのままに。

ルルゥさんのログハウスから少し離れた平原で、俺は思い切りジャンプした。

地面に穴を穿《うが》つほどの力で跳び上がった俺の身体は、一本だけ立っている木を遥《はる》かに超えて、空高く舞い上がっている。

地上二〇メートルほど。

現代日本のビル換算で七階に相当する高さから見渡す異世界の大地は、自然豊かで、とても綺麗で、壮大だった。

左手には森が広がり、ルルゥさんのログハウスが。

右手には平原の向こうに湖が。

正面には『トスエスガ』の街が見える。

強化された視力で、街並みも、歩く人々の姿までもが、まるで望遠鏡で覗《のぞ》いたようにはっきりと見える。まあおっさん女子ばかりなのだが、それはそれとして。

——たのしい!!

跳躍の頂点までたどり着き、一瞬の浮遊感を味わい、重力に身を任せて落下する。

生身で着地。衝撃で、ジャンプ時よりも大きな陥没が出来上がる。辺りには、似たような穴がいくつも開いていた。すべて、俺が開けたものだ。

「マコト様？　あまりぼこぼこと穴を開けるのもいかがかと。次は地面に衝撃を与えないように跳躍なさってみては？」

「な、なるほど……！　わかりました、やってみます！」

「はい♪　マコト様が素直で、お姉さんは嬉しいです」

にっこり。

俺はエルフ先輩の助言に従って、格段に筋力が上昇した身体の動かし方を確かめる。

上がったのは筋力だけではない。魔力も増加したし、新しい魔法もたくさん覚えた。

そう、つまり。

レベルが上がった。

〝竜〟と戦ったことで職業《ジョブ》の――僧侶《クレリック》としてのレベルが上がったのだ。

冒険者としてギルドに登録した俺は、ダンジョン内や危険エリアでの戦闘や、魔物・〝竜〟との戦いで、職業《ジョブ》のレベルが上昇するようになっていた。

古代の戦士や魔術師が努力と研鑽《けんさん》を積んで得た技術や能力を、神々の加護により、この時代のそれらの者が『経験値』を貯めるだけで得られるようになる破格のシステムが、『冒険者』だ。

感触としては、ＲＰＧのレベルアップとほぼ同義。

普通の訓練や修行と違い、レベルが上がった途端に新しいことができるようになる、未知の感覚。

オクドバリーから帰ってきて、うっかり踏んづけた師匠の罠《わな》が起動し、それを防ごうと無意識に魔力防御を張った。先日までなら絶対に防げなかった重力トラップを、しかし俺は完璧に破っていた。

不思議に思っていると、ルルゥさんは「気付いていなかったのですか」とでも言わんばかりの表情で、

「レベル、上がってますわよ？」

脳内でステータスを確認したら、

マコト・チェネレプレイト
僧侶　Lv53
筋力　B+
耐久　B+
敏捷　C
魔力　A
幸運　A

となっていた。

レベル53!?　と驚く俺に、ルルゥさんは「〝竜〟を倒したので、まあそれくらいは上がりますでしょうね」と当然といった様子。

「いや、でも倒したのってルルゥさんとアーシアちゃんでは」

「同じパーティですから、経験値も分割されますの。私も一つレベルが上がりました」

「な、なるほど……」

で、レベル53ってどんなもんかと。

この巨大な森は歩くだけでもしんどいから、試しにちょっと走ってみたら──気が付いたら草原まで出ていた。身体がめちゃくちゃ軽い。風になったとはまさにこのこと。

イタチやキツネっぽい四足獣を追い越して、スズメやムクドリに似た野鳥と一緒に木々を縫うように跳ぶ。

これはヤバい。楽しすぎる。一気に身体能力が人間じゃなくなった。

「あはははははは――はっ!?」

調子に乗りすぎて木の枝に足を引っかけて派手に体勢を崩す。岩に頭から突っ込みそうになって、

「あら危ない」

ルルゥさんに抱きとめられた。突っ込んだ先が岩からエルフのおっぱいになった。

「あびばぼうごばいばぶばぶ」

爆乳に包まれながらお礼を言う。

「あらあらまああ。可愛いですわね♡」

ぶは、と爆乳エルフの胸の谷間から顔を出して、

「ルルゥさん、いつの間に俺を追い越したんです？　瞬間移動の魔術ですか？」

「いいえ？　ただ後を追ってきただけですわ？　良いジョギングですわね」

にっこり。

あ、そうか。俺はレベル53だけど、このひとレベル99とかだった。そりゃ普通に追い付かれるか。

「オクドバリーじゃ全然気付かなかったのに……レベルが上がってたなんて……」

「仕方ありませんわ。意識しなければ普通の人間と同じ程度の力しか出ませんから。職業《ジョブ》の霊《れい》殻《かく》がセーブしておりますの。不用意に周りのものを壊さないように」

「僧侶《クレリック》でこれなら、戦士やシーフはもっとすごいことに――」

と言いかけて、ダンジョンでの〝竜〟との闘いを思い出してやめた。うん。あれは人間じゃなかったね……。

ルルゥさんは俺の言わんとしていることを察したのか、

「冒険者はレベル20まで上がれば一人前とされていますの。街のギルドにいる方々も、たいていそのくらいですわ」

「そんなものなんですか……？　いや、俺はただ『居た』だけで上がっちゃいましたけど……」

「居ただけだなんて、とんでもありません。ただでさえ希少な男性の僧侶《クレリック》。なのに、一緒に前線へ出てこられた。それも普通のモンスター相手ではなく、〝竜〟を向こうに回して」

俺の頬に手を添えて、ルルゥさんが微笑む。

「怖かったでしょうに、マコト様は逃げ出さなかった。あの場に留《とど》まった。それだけで、十分なのです」

そんなに大層なものじゃないと思うけど……。

「ですので、レベル53というのも妥当《だとう》かと。マコト様はもう、あの街にいる冒険者の誰よりも強いはずですわ。美はもちろん、武においても」

ルルゥさんが、そうですわ、と閃《ひらめ》いた様子で、

「フェアリアムへ行く前に、軽く運動していきましょう。レベル1から53までいきなり上がったのですもの。少し体を慣らしましょう！　できること、できないこと、まずはそこを確認することですわ！」

……というわけで、大ジャンプをしている俺である。亀仙流《かめせんりゅう》の修行で甲羅《こうら》を外した悟空《ごくう》とクリリンみたいだと空中であぐらを組みながら思う。落下、

「よっと」

ぺたん。

着地の衝撃を膝《ひざ》で上手《うま》く殺せた。地面は綺麗なままだ。

「素晴らしいですわ！　よくできました♪」

えらいえらい、と頭を撫でてくるルルゥさん。すっかりお姉さんキャラですね。

そのあとも、いくつか魔法を使ったりした。僧侶《クレリック》なので回復系はもちろん、ちょっとした攻撃魔法も覚えていたりする。

落ちている木の枝を風の魔法で浮かせたり、切断したり。

ルルゥさんの持っていた痺《しび》れ薬をあえて飲んでみて、どこまで効力を無効化できるか試したり、そのあと解毒《げどく》したり。

回復効果のある液体を出現させたり、なぜか口移しするようルルゥさんにお願いされたり。

キスしている間にえっちな雰囲気になって平原で青姦《あおかん》したり。

青空の下で全裸でエルフとセックスするの気持ちよかったり。

ちなみにルルゥさんは、職業《ジョブ》の魔法以外にも、独自に魔術を覚えているらしい。魔石に宿らせるアレを、魔石なしでも使えるように練習したという。

職業《ジョブ》の魔法が、簡単だけど決められた結果しかもたらさない自動的《オート》なものなら、職業《ジョブ》に頼らない魔術は、難しいけど色んな応用が利《き》く手動操作《マニュアル》なのだろう。

太古の魔術師が組んだ魔術を、職業《ジョブ》のおかげで簡単に使えるようにしたのが魔法なのだ。で、大昔の達人が職業《ジョブ》に組み込んだのは魔法――魔力操作の技術だけではない。

鍵開けや罠解除に探知技能といった探索者の技術。

剣術はもちろん、棒術や槍術《そうじゅつ》、斧術《ふじゅつ》に弓術《きゅうじゅつ》、体術といった武芸の技術。

〝竜〟やモンスターが棲《す》む危険エリアやダンジョンを攻略するための、冒険者の技術だ。

そういったものも、職業《ジョブ》としてシステム化し、封じ込めてある。

職業《ジョブ》として纏《まと》った霊殻に経験値という名の魔素《オド》が貯まると、『肉体がついてこられる』と判断され、上限が解放されていくのだという。

そのおかげか、身体能力と一緒に、簡単な格闘術や剣・槍《やり》・棒術も使えるようになっていた。

買っておいた槍を持っただけで、身体が扱い方を思い出したのだ。ひゅんひゅんと左右に振ってみたり、回してみたり、鋭く突いてみたりする。

ルルゥさんは「そっちの槍の使い方もお上手ですわ♡　下の槍はもっとお上手ですけれど♡うひひ♡」と下卑《げび》た笑いを浮かべていらした。このひとは本当……。

☆

というわけで。

俺は僧侶《クレリック》の基本的な役目である『解呪《かいじゅ》』だけでなく、冒険者として戦闘にも参加できるようになった。レベル95の魔法戦士であるアーシアちゃんの代わりは務まらないだろうが、危険エリアの調査くらいなら難なくこなせるはずだ。

エルフの国、フェアリアムの庭。

ギルドマスターの依頼は『スノップス地方の危険エリアの調査』であり、ルルゥさんも「この手の依頼はほぼほぼ空振り」と言っていた。だから大丈夫だと、そう思っていたのだが。

「フラグ……でしたね」

「フラグ……でしたわね」

危険エリアのど真ん中で、夥《おびただ》しい数の飛竜に囲まれた俺とルルゥさんは、二人して反省するのであった。

フラグ、立てちゃダメ。

「立たせるのはおちんちんだけで十分ですわ」

「そこまでは言ってませんよ!?」

第十三話 煌翅騎士ルルゥ・ワードリット

敵は飛竜というより、翼竜だった。

ワイバーンじゃなくてプテラノドンみたいな。

体長五メートルくらいの恐竜——怪鳥が、森の開けた場所に出た俺たちを囲んでいる。空が見えなくなるほど飛び回り、地上にも下りてきて、包囲していた。だが、

「——旋風《サイクロン》！」

俺が放った風の魔法によって、怪鳥どもが空中でバランスを崩して「ぎゃあぎゃあ」とわめく。何匹かは風の刃《やいば》でそのまま倒すことができた。そして、

「——【竜殺】煌針突《ライトニング・ピアス》」

目にもとまらぬ速さで飛行するルルゥさんが、その手に持った細剣《レイピア》で、次々と生き残りを貫《つらぬ》いていく。ルニヴーファのダンジョンで見た技に似ていた。あれよりも威力が低く見えるが、系統は同じなのだろう。

以前は見えなかったが、ルルゥさんの背中に『光の翅《はね》』が生えている。まるで妖精の翅だ。

中空から地上の間を閃光のように飛び回り、滑空し、すべての敵を消滅させたルルゥさん。

さすがS級冒険者である。

彼女の職業《ジョブ》はシーフと聞いていたが、探索者《シーフ》にそんな動きができるのかと訊《き》いたことがある。

答えはノー。実はルルゥさん、基本職のシーフをレベル99まで上げた後、上位職に転職しているのであった。

「『煌翅騎士《フェアリイ・ナイト》』というシーフの上位職ですが、説明が面倒なので、シーフということにしていますわ。アーシアの『魔法戦士《ソーサリイ・ファイター》』くらいわかりやすい上位職なら良かったのですが」

やれやれと嘆息していた。

得物《えもの》もただのレイピアではない。

竜殺武器・ドラゴンキラーと呼ばれる超レアものである。

この世界の〝竜〟は、『ドラゴンキラー』で心臓・核を破壊しないと死なないらしい。普通の武器で首を切っても、ただの魔法で消し炭にしても、再生、復活してしまうのだとか。ドラゴンキラーには、その再生復活能力を阻害する力があるようだ。

「終わりましたわね」

着地したルルゥさんの背中から、煌翅騎士と称されるに相応《ふさわ》しい『光の翅』が粒子になって消えていく。綺麗だ。

周囲には霧《きり》へと還《かえ》っていくモンスターたち。それらを見渡して、

「うーん、これはマズいですわねぇ」

レイピアを鞘《さや》に納めながら、ルルゥさんが呑気《のんき》な口調で言う。

「危険エリアの調査と言われては来ましたが……。たぶんもう起きてますわよ」

使うことのなかった長槍《ちょうそう》の穂先に布を巻きつつ、俺は尋《たず》ねる。

「起きてるって……何がです？」

「〝竜〟が」

ぽつりと告げるルルゥさん。

「こうもマンタロスが増殖してるとなると——下手《へた》したら明日にはあの国、滅ぼされますわね」

あの国、というのは、エルフの国のことだろう。もちろん。

「……マズくないですか？」

「ええ、まあ、それなりに」

それなりなのか。

「ここは城壁からだいぶ離れてますけれど、気配が濃厚です。庭の中心では今ごろ〝竜〟があくびでもしてるでしょう」

「寝起きですね……」

「ええ。仕方ありません、急ぎましょうか。寝ぼけている間に倒してしまうのが楽かと」

「……！　了解です……！」

また〝竜〟と対峙《たいじ》することになるかと思い、緊張する。

そんな俺の手を、ルルゥさんは優しく握ってくれた。

「大丈夫です、マコト様。私がついております。あなたには、指一本触れさせませせん」

まるで騎士のように。

力強く、頷《うなず》いてくれた。

☆

果たして、その言葉通りとなった。

エルフの庭の中心部に存在した霧状の〝竜〟は、自身の存在規模を数キロ範囲にまで広げ、触れるだけで肉体を溶かし、精神を蝕《むしば》む恐るべき性質に変化させながらも、

「トドめですわ――【竜殺】七星煌刺《アルキユオネ・ブライト》！」

俺の強化魔法《バフ》を受けたルルゥさんの全力攻撃で、あっという間に撃破された。

霧の状態の敵にすら関係なく物理攻撃を加えるルルゥさん。あのドラゴンキラーには再生能力を阻害するだけでなく、〝竜〟の防御状態を解除する特別な効果があるらしい。そういえばルニヴーファでも似たようなことが起きてたな。

――『おうじゃのけん』に『ひかりのたま』の効果がついているようなものか。

と前世の記憶を引っ張り出して納得する俺。そりゃ強いよなぁ。

「思った通り、寝起きで助かりましたわね。発凶もしませんでしたし」

光の翅を煌《きらめ》かせながら地に降り立つルルゥさん、マジで女神みたいに美しい。

この〝竜〟は、放っておくとエルフの国を『霧』で覆《おお》い尽くし、スノップス地方全体――お

よそ大陸の一〇パーセントが飲み込まれていただろう、とのこと。

そんなヤバい敵をほとんど一人で倒したにも拘《かか》わらず、ルルゥさんは平然としていた。

「ふぅ――暑いですわぁ」

平然と、服を脱ぎ始めた。いやいやいやいやいや。

「お疲れ様ですルルゥさん。お怪我《けが》はありませんか？」

俺は極力スルーしながら僧侶《クレリック》の顔で尋ねる。

「はい♡　マコト様の敏捷強化《バフ》、とても良かったですわ♡　ああ、でも――」

それ一本を売るだけで一〇〇年くらい遊んで暮らせるであろう珠玉のレア武器ドラゴンキラーのレイピアを、ベルトと鞘ごとぽいっと投げ捨て。

フード付きマントとブラウスをしゅるりと脱ぎ捨て。

スカートはそのままにショーツだけ下ろして。

「ここ♡　ちょっと怪我しちゃいましたわ♡」

太ももの内側を俺に見せてきた。うん、たしかに擦《す》り傷ができてるけど、

「……それ、いま自分でつけ」

「マコト様ぁ？　早く、治癒魔法をかけてくださいましぃ」

はいはい……。

「――神の奇跡をここに。治癒《ヒール》」

ルルゥさんの足元に膝《ひざ》をつき、一番簡単な魔法を使って、その怪我を治した。

見ようによっては、エルフに跪《ひざまず》いて太ももを触っているような光景だ。いやもちろん治療しているだけなんだけど。

「治りまし――」

と、彼女を見上げると、

「ふー♡　ふー♡」

めっちゃ興奮している。鼻の穴が大きく開き、目も大きく開き、理性を失っている。

デスヨネー。

「えい♡」

ルルゥさんは跪いた俺の顔を、そのむっちりとした真っ白な太ももで挟んだ。ちょっと汗ばんだ股間が俺の顔面にぺたっ、とくっ付く。いや嘘だ。ねちょっとしてる。汗じゃねえなコレ。

「あらぁマコト様♡　バランスを崩してしまいましたわぁ♡　ラッキースケベですわぁ♡」

「ふごふご」

（いま『えい♡』って言いましたよね）という俺のツッコミはルルゥさんの股間の闇に消えていった。恥ずかしい丘の上にある……金色の……森の闇に……。

「あぁん♡　くすぐったいですわぁ♡」

「ふごふご」

ルルゥさんは俺の頭をがっしり摑んで離さない。それどころか、俺の肩の上に乗って、逆向きの肩車みたいになってしまった。

それにしてもいい匂いがする。

エルフの森――香《かぐわ》しい！

というわけで舐《な》めてみる。れろれろ。

「はぁん♡　まっ、マコト様ぁ♡」

途端に腰砕け状態になるルルゥさん。逃さないよう掴んでいた俺の頭が逆に、支えになる。

ふさふさな金色のすすきが、俺の唾液《だえき》でぐっちょぐちょに濡れ始める。

谷間の奥に舌を這《は》わせれば、泉から彼女の愛液がどんどん湧いてきた。

僧侶《クレリック》の知識で、吸うのは良いけど吹くのはダメだと理解する。

「ふわっ♡　ふあぁぁぁん♡　みゃこっ♡　みゃことさまぁぁぁ♡」

激しい戦闘の後だというのに汗臭《くさ》さが微塵《みじん》もない。さすがエルフ。

俺はむちむちの太ももに頭を挟まれ、スカートの中に顔を突っ込みながら、一心不乱に舐めて吸い続ける。

じゅるるるるっ♡　ずぞぞぞぞぞっ♡

「ひぃあっ♡　あぁん♡　ふあああっ♡　はぁぁぁぁぁぁあああんっ♡」

俺を股間で挟みながら、ルルゥさんが甘イキをする。

俺は顔全体でエルフ美女の股間を、頭頂部でおっぱいの柔らかさを感じながら、彼女のお尻をくすぐってみる。

「ひぃやっ？　も、もう、マコト様――」

「いきなり僧侶《クレリック》に襲い掛かるなんて、いけないお姉さんですね？」

「んふ♡　だって、もう我慢できないんですもの♡」

するる、と抱き着いたまま降りてくるルルゥさん。俺と顔の位置を合わせて、妖艶《ようえん》に笑った。

まあ、ここは〝竜〟の巣だしな。危険エリアのど真ん中。中枢《ちゅうすう》。

淫欲《いんよく》の呪いがもっとも強力に作用する場所だ。

「僧侶様《クレリック》♡　解呪の儀式《セックス》、お願いします♡」

「――いいでしょう」

うっとりとした瞳で俺を見つめるエルフに、俺は粛々《しゅくしゅく》と頷く。

「存分に、癒《い》やされなさい」

言うが早いか。

すでに地面にマントを敷いていたルルゥさんが、レベル99の柔術で俺を押し倒し、

「おちんぽ♡　いただきます♡」

俺に跨《またが》った。


――この後（いつものように）めちゃくちゃセックスした。

第十四話　お前も美人！

エルフの国、フェアリアム。

王の間。

ルルゥさんと俺は、エルフの王に謁見《えつけん》した。

片膝《ひざ》をつき、頭を下げ、玉座《ぎよくざ》の王へ報告を行う。

「――というわけで、『庭』では〝竜〟が復活しておりました。あと一日遅ければフェアリアムは侵攻を受け、恐らく半日ももたずに滅ぼされていたでしょう」

「…………」

エルフ王は目を閉じてルルゥさんの言葉を聞いている。

ちらりと王を見る。俺は初めて目にするが、やはり美しい方だ。もちろん、ルルゥさんほどではないが。

そしてこの場には、先ほど俺を襲ったエルフの皆様もいる。

みな理性を取り戻したのか、広間の壁際《かべぎわ》に整然と立ち並んでいる。

役職は、衛兵や大臣といったところだろうか。

武具に身を包んだ美しい兵士と、立派な衣服に身を包んだ艶《あで》やかな女性たちだ。

彼女らが先ほどは我を忘れて俺に襲い掛かったというのが夢のように感じられる。

あるいは、〝竜〟の影響――つまり危険エリアが拡大していたことで、淫欲《いんよく》の呪いがすでにこの国の中にまで広まっていたのかもしれない。

黙っていたエルフ王は目を開けて、

「報告はわかりました。下がってよろしいですよ、ルルゥ」

とだけ告げた。

はて。

俺の聞き間違いだろうか。

「ところで――マコト様」

苛立ちを覚えたとき、エルフ王・ロザリンダ様が俺を呼ぶ。

「冒険者は、いつまでお続けになるおつもりですか？」

「…………は？」

思わず顔を上げて訊《き》き返す俺。

王は困ったように微笑み、

「なにか事情があって『双烈《そうれつ》』に加わっているものと存じます。迎賓室《げいひんしつ》ではそのあたりのことを聞くよう申し付けていたのですが、どうも手違いがあったようで――」

苛立《いらだ》ちの上から困惑《こんわく》の感情が積み重なる。

手違い？

事情を聞く？

「ルルゥに弱みを握られているとか――脅迫をされているとか？　この子は、武力はあっても醜女《しこめ》ですので。ええ、外見も、中身も」

「なん、ですって……？」

隣でびくりとするルルゥさんが視界の端に見えるが、俺も声が震えている。

「エルフの王として、マコト様をパーティから解放することをルルゥに命じましょう。それで――いかがでしょう」

ロザリンダ様が、微笑みをたたえたまま、言う。

「王族の暮らしに、興味はございませんか？」

壁際に控えている大臣、衛兵たちが、息をのんだ。

「何不自由のない暮らしです。食べ物も寝る場所も、娯楽も提供いたしましょう。あなた様はここで、一生快適に生活できるのです」

エルフ王が、俺を見る。美しい顔で、美しい声で、悪魔のような提案をする。

「私の夫になりませんか？　フェアリアムの王配《おうはい》に、あなたを指名いたします」

左右に居並ぶほかのエルフたちも、うんうんと頷《うなず》いている。

みな、綺麗な人たちだ。俺の感覚では、エルフは美人ぞろいだ。

きっとこの提案を受け入れれば、ロザリンダ様の言う通り、俺は何の不自由もない暮らしを送れるのだろう。

そしてこの美女たちと、毎日毎晩、とっかえひっかえセックスをできるのだろう。なにせ王配だ。国中のエルフたちと寝られるに違いない。

あのロリ美少女エルフも。

あのグラビアモデル系エルフも。

あのむっちりエロ体型エルフも。

みんな俺のものだ。俺の女だ。全員に種付けセックスして、全員に俺の子を孕《はら》ませられる。

もちろん、目の前の玉座に収まるこの女神のような王も俺のものになる。

国を意のままにすることだってできるかもしれない。

俺の僧侶《クレリック》の能力と、前世の記憶も駆使すれば、あのオークの国すら凌駕《りょうが》する大国にだってできるかもしれない。

楽園だ。

薔薇《ばら》色の人生だ。

「――こんな夢のような話は、金輪際《こんりんざい》、ないでしょうね」

俺はぽつりと呟《つぶや》いた。

エルフ王も、壁際に立つ女たちも、期待に目を輝かせる。

「ええ！　あなたはこのフェアリアムの一〇〇年ぶりの王配になるのです。死ぬまで、贅沢《ぜいたく》に、優雅に、自由に暮らせます！」

けれど。

俺の隣で、肩を震わせて怯《おび》えているひとがいる。

二〇〇年以上ずっと迫害され、それなのに命懸《いのちが》けで人界を救い。

誰も優しくしてくれない故郷に戻り、それなのに〝竜〟を倒し。

あまつさえ、パーティの仲間を――いや、はっきり言おう。

恋人を取り上げられようとしているひとがいる。

ルルゥさん。

彼女はもう気付いている。はっきりと認識している。俺の価値観が逆転していることに。

だからこそ、エルフ王の申し出が、俺にとってとてつもなく魅力的であることに。

だからこそ、何も言わないのだ。

何も言わずに、ただ震えているのだ。

『あの子』のように。

そうして――頭を下げたまま、俺を見る。縋《すが》るように。泣いているかのように。

助けを乞《こ》うように。

「……行って、しまうのですか？」

行かないで、と俺には聞こえた。

それで十分だった。

俺は顔を上げる。王をまっすぐに見る。そして答える。

「俺は、ルルゥさんのパーティに残ります」


王や大臣たちが呆気《あっけ》に取られて俺を見る。

ざわめきが、「え？」という驚きに満ちた空気になって、俺に向けられる。

エルフ王が慌《あわ》てたように、

「な、なぜです？　私たちが醜女《エルフ》だから、ですか？　でもルルゥのパーティにいるのなら問題はないはずです。王配といえど、頻繁《ひんぱん》に夜伽《よとぎ》をする必要はありません。週に一回、いえ、二週間に一回だけでも良いのです」

「そういう問題ではありません」

立ち上がって、俺は言う。

色々と文句はあるけど、一番はこれだ。

なによりもこれだ。

初めて会った時から俺は――

「ルルゥさんが、好きだからです」

ハッキリと宣言した。

恥ずかしい。めっちゃくちゃ恥ずかしい。

ルルゥさんが隣で「マコト様っ……！」と口に手を当てている。

王は王でぽかんとしている。

そして周りにいたエルフたちが、堰《せき》を切ったように叫びだした。

「なぜですか⁉」

「マコト様はそんな醜女のどこが良いのです！」

「なにか事情がおありなのでしょう？」

「そんなブスが第一夫人⁉　信じらんない！」

「ちょっとルルゥ！　あんたマコト様に何したのよ！　どんな脅迫してるのよ‼」

エルフ王が我に返った。しかし彼女は場を収めようとはせずに、

「マコト様。見え透いた嘘はおやめください。ああ――そう、なるほど。ご安心ください。今すぐ優秀な術師を呼びます。なぜ気付かなかったのでしょう。〝竜〟との戦いで精神汚染に蝕《むしば》

まれていますね。まさか――」

はぁ、とどうしようもなく愚かな者を見るように――馬鹿にするように、言った。

「まさか、ルルゥを好きだなどと。そんな、世界一醜《みにく》い女を」

――あああああああああああああああああ。

俺は無言で天を見上げる。

ああ――もういいや。

もういい、もういいや。

「…………………………………………………………………………………………

…………………………………………………………………………………………

…………………………………………………………………………………………

……………………………………………………………うるせぇ」

天井を見つめたまま、俺はぽつりと呟く。

しかし誰にも聞こえなかった。周囲は叫び声で満たされているから。

「マコト様はそんな醜女が第一夫人でいいのですか⁉」

「そうです！　マコト様ならもっと良い相手がいます！」

「よりによってルルゥだなんて！　催眠暗示にでもかけられているのでしょう⁉」

怒号が王の間を満たす。左右の壁際に立つ女も、後ろに立つ女も、前に座る女も、「醜女」だの「ブス」だの「頭がおかしい」だの「目を覚ませ」だの、好き勝手に叫び続ける。俺は天井に向けていた視線を下ろす。

ルルゥさんが、片膝をついたまま俯《うつむ》いて、耳を塞《ふさ》いで、泣いていた。

俺はキレた。

「うるせぇえええええええええええええええええええ!!!」

俺はキレた。

「いい加減にしろ！　俺はルルゥさんが美人だと思ってんだ！　誰に何と言われようともルルゥさんが一番好きなんだよ！　頭がおかしいのはお前らの方だろうが!!」

俺はキレた。

「だいたいルルゥさんがいなけりゃ、こんな国、明日には滅んでたんだぞ!?　なのに、お前らはなんだ！　ありがとうの一言もなく、ひとの恋人を醜女だブサイクだって！」

俺はキレた。

「お前らが見下しているこのひとは、大陸の英雄なんだよ！　お前らがいまも生きていられるのは、このひとがいるからなんだよ!!」

俺はキレた。

「ルニヴーファのギルドマスターは『感謝する』と言ってくれた！　お前らの価値観じゃあの人は美人なんだろ!?　それは心根が美しいからじゃねえのか!!」

俺は、キレた。

「『ありがとうございました』と、なぜ言えない!?　『私たちの国を救ってくれて感謝します』

と、当たり前のことがなんで言えねえんだ!!」

「ま、マコト様、良いのです……」

ルルゥさんにも、俺はキレてしまった。

「いいや良くない！　ロザリンダ様の口から感謝の言葉を聞くまで、俺は絶対許さない！」

エルフ王は俺に睨《にら》まれて「え、え？」と困惑している。

それが余計に腹が立つ。

「どんなに美しくたって、どんなに醜くたって、力がなきゃ死ぬんだぞ!!　言え！　ありがとうございますって!!」

「あ、ありがとう、ございます……？」

「俺じゃねぇ！　ルルゥさんにだ！」

「え、えーと、ルルゥ、ありがとうね……？」

勢いに任せて命令してみたら、意外と素直にロザリンダ様はルルゥさんに感謝を告げた。

「え、あ、はい……。もったいないお言葉です……」

ふんす、と俺は鼻から息を吐く。

「それでいいんですよ!!」

ルルゥさんはびっくりするあまり涙が引っ込み、他のエルフたちも呆然としていた。

しかし俺はまだ、キレていた。

ちっとも、収まりがついていなかった。

十七歳くらいの男の子が、一〇〇〇歳を超えるエルフの王に向かって激怒し、物の道理を説いていた。

☆

私《ルルウ》は、それをぽかんと見上げている。涙も引っ込んでしまった。

男の子――マコト様はいまだ怒りが収まらない様子で、

「だいたいあんたら卑屈すぎるんだよ！　エルフみんな美人だろうが！　全員美女だろうが！」

予想外の言葉に、周囲のエルフたちが訊き返す。

「は？」

「へ？」

「なんて？」

マコト様は彼女らをぎろりと睨みつけて（そんな顔も可愛くて凜々《りり》しくて素敵）、

「みんな美人だっつってんだよ！　お前も！　お前も！　お前だって美人だろうが!!」

と唾《つば》を飛ばして一人ずつ指をさしていく。

「お前も！　お前も！　お前も！　お前も！　お前もお前もお前もお前もお前もお前もお前もお前もお前も！　――お前だって美人!!!!」

指さされたエルフは一人残らず赤面して硬直する。

天使《クピート》の魅惑《みわく》の矢で心臓《ハート》を射貫《いぬ》かれたみたいに、「きゅうん♡」とときめいている。

まるでマコト様の指から、見えない矢が放たれているかのよう。

みんながみんな、面白いくらいにマコト様のことを「ぽーっ」と凝視《ぎょうし》し始めてしまう。

ついさっきの、獣じみた性欲の目じゃない。

恋する女の瞳《め》だ。

生まれて初めて、自分を綺麗だと言ってくれた――自分を『女』だと認めてくれた異性への、恋心が芽生えた表情《かお》だ。

それを見て、私は思う。

――マコト様は、ズルいですわ。

そんなことをしたら、あなたのような美少年にそんなことを言われたら、女《エルフ》は死ぬまで、あなたの虜《とりこ》になってしまいます。

本来なら、いくら殿方で、いくら僧侶様《クレリック》といえど、一〇〇年も生きていない若造にこうも言われては、エルフたちも黙っていないはずだった。

武力では敵《かな》わないから、このまま捕まることはないだろう。だが、この暴言、無礼なふるまいを理由にギルドへ抗議し、依頼達成の報奨金《ほうしょうきん》を払わないどころか、慰謝料の請求までされたはずだ。

私たちは下手《へた》したら冒険者ギルドから追放、処断されていたかもしれない――まあそんなことになったらマコト様たちと一緒に雲隠れしますが――しばらく、一〇〇年くらいは正式な仕事はできなかったかも。

しかし、マコト様の「お前も美人！」攻撃で、エルフたちは全員『陥《お》ちた』。

全員が全員、この黒髪、黒瞳《こくどう》の美少年にメロメロになっている。

もう、勝ちだ。

こうなったらもう、勝ち確定だ。

何をしたって許される。

だから――。

「はぁ……はぁ……」

肩で息を吐くマコト様が、冷静になって、事の重大さに気付いて、次第に顔色が青白くなっていっても。

「…………………………………………………………………………………………やっべ」

……

……

と小さな小さな声で呟いて、泣きそうな顔で、助けを乞うように私を見ても。

こう答えることができる。

「大丈夫です」

大丈夫なんです。

「マコト様――愛しております」

思わず、彼の胸に飛び込んで。

「…………はい。俺もです」

優しく頭を撫でられて。

エルフ王や、衛兵や、大臣や――私を馬鹿にしていた故郷のみんなが見ている中で、私とマコト様は、キスをした。

☆

事態はなんとなく収束した。

あんなにキレたのは人生で初めてだ。前世も含めて。

なんだろうか。レベルが上がったから強気になってしまったのかもしれない。

――あれはない…………。

猛省する。あれは本当にない。でも、

――すっきりした。

それは事実だ。

そして、ロザリンダ様が改めてルルゥさんと俺に、〝竜〟討伐の謝意を述べてくださった。

エルフの皆さんも、俺とルルゥさんの仲を認めたらしい。まあ、俺が『ブス専』だと理解したというのもあるらしいが。

「醜女好き……。だからルルゥが一番なんだ……」

「そういうのもあるのね……」

「それで私たちのことを『美女』って……」

ぽっ、と顔を赤くするエルフの皆様。可愛いところあるじゃないですか。

「ごめんね、ルルゥ。私たち、嫉妬してたみたい」

「だってあんな美少年を連れて帰ってくるんだもの」

「〝竜〟を倒してくれて――国を守ってくれて、ありがとね」

ルルゥさんは驚いたように、

「あ――。はい。それが私の、仕事だから」

でも、輝かしい笑顔で、そう応《こた》えた。

玉座からロザリンダ様が、

「改めて、ルルゥ。よくやってくれました。僧侶様《クレリック》のお言葉で、私たちも目が覚めた思いです」

「……ありがとうございます、ロザリンダ様」

「マコト様にも、失礼なことを言ってしまいましたね。その、ブス専？　でしたか。そうとは知らずに……」

「いえ、俺としてはそういうつもりはないのですが……まあ、はい」

もうそれでいいや……。

「マコト様があなたの恋人であり、パーティの僧侶《クレリック》であることはよくわかりました。マコト様とあなたは、とても強い絆《きずな》で結ばれているのですね」

「はい」

「ところで、ルルゥ」

「……はい。私にはもったいないほどです」

「そこであえて命じます――いえ、お願いと言った方が良いかしら」

「なんでしょうか」

ロザリンダ様は柔らかく微笑んで、

「マコト様、貸してくださらない？」

その王の言葉をきっかけに、広間にいたエルフ全員が土下座した。

えっ、なに、こわっ……！

いやこれ何か既視感《きしかん》ある……。ルルゥさんがいつもやってるやつだ……。高速土下座だ……。

そしてエルフ全員が声を揃《そろ》えて、

「「「マコト様と儀式《えっち》させてください」」」

エロフはどこまでもエロフだった。

あなたたちっていつもそうですね。男をなんだと思ってるんですか？　と十八禁ラノベのヒロインみたいな思考になる俺。

恐る恐るルルゥさんを見ると、彼女は腕を組んで「むむむ」と眉間《みけん》にしわを寄せている。これは期待できそうだ！

「マコト様はモノではありません！　あなたたちに貸し出すなど危険にもほどがあります！」

「ルルゥさん！」

「よって、儀式は私も監視いたします！　他人穴に犯される黒髪美少年――捗《はかど》る！」

「ルルゥさん!!」

うん、知ってた!!

そして広間は大乱交パーティー会場になりました。

☆

大広間に、あっという間にベッドが運び込まれた。めちゃくちゃでかいやつだ。キングサイズなんて目じゃない。一度に一〇人くらいは並んで寝れそうなほど大きい。

「え、や、あの、いまこの場で、ですか……？」

戸惑《とまど》う俺の言葉を聞かずに、メイド服を着たエルフたちが俺の服を丁寧《ていねい》に脱がしていく。剝《は》ぎ取られたり破られたりしなくて良かったのだけど、そういう問題じゃない気もする。エルフとエッチするときの大前提が逆レイプになってるの、どうかと思う。

「数百年に一度の謝肉祭……まさかこの目でお目にかかれるとは思いませんでしたわ」

ルルゥさんが戦慄《せんりつ》と感動を込めた顔でそんなことを言う。あの、いまからあなたの恋人が数十人のエルフによって輪姦《まわ》されるんですけど？

「ルルゥさん？　ひょっとして脳が爆発してます？　新しい回路とか開いちゃってません？」

「マコトさま……ネトラレの本当の良さ、ようやくわかった気がしますわ……」

ダメだこの人。

腕を組みながら後方彼女面《こうほうかのじょヅラ》をするルルゥさんを遠い目をして眺める。帽子を取られ、法衣を脱がされ、ブーツと靴下も持っていかれた俺はすでにパンツ一丁だ。

周りには獣欲に満ちたぎらぎらとした瞳で俺を見るエロフたち。

「男だ……」

「男……」

「すぐ食うか？」

「その前に」

「そうだ、その前に……」

なんか『蝕』みたいな声が聞こえるんですけど？　まぁルルゥさんに「……げる」されちゃったしなぁ。

はぁはぁ、とエロフたちがにじり寄ってくる。最愛の恋人の手で儀式に捧《ささ》げられた生贄《いけにえ》となった俺は、美しくも淫《みだ》らな女たちが群がってくるのを止めることができない。なぜなら、流れるような自然な動きでベッドに両手を拘束されてしまったから。

「謝肉祭とは――」

麗《うるわ》しい声が、俺の耳に届いた。

拘束された俺の正面。すべての衣《ころも》を脱ぎ去ったエルフの王・ロザリンダ様が、輝かしいまでに美しい肉体を晒《さら》して、俺の股間をまっすぐ目指しながら、四つん這《ば》いで説明を始める。女豹《めひょう》に食われるイメージが脳裏を駆け巡る。俺は今から、捕食される――！

「エルフの国に伝わる儀式です。遥《はる》か古代、〝竜〟によって醜女の呪いを受けた我が種族が、男様の寵愛《ちょうあい》と子種を頂き、子孫繁栄を願う神聖な――乱交パーティー」

乱交パーティーって言っちゃった！　そこは最後まで厳《おごそ》かな台詞《せりふ》で通してほしかったなー！

「現在フェアリアムには約三〇〇人のエルフがおります。今日はそのほんの一部……二〇人ほどでマコト様を頂きます♡」

二〇人とか多すぎでしょ。エルフじゃなくてサキュバスの国だったかな？

とはいえ――仕方あるまい。これもパーティの仕事だ。たぶん。おそらく。きっと。

「……わかりました」

前回のように、拘束を強引に解いてエナジードレインを使用する逆転プレイも可能だが、今回はルルゥさんに捧げられた状態。彼女らは、ルルゥさんの許可を得ている。ならば、おとなしく犯されてあげることにしよう。

「今さら抵抗はしませんから……せめて、その……」

色々と諦《あきら》めた俺は、弱々しく微笑んだ。

「痛くは……しないでください……」

それが合図になった。

ロザリンダ様が襲い掛かってきた。先ほどまでの超然とした王の威厳はどこへ行ったのか、興奮と性欲のままに俺の唇を食らいつくかのように奪った。

「ん、むぅ!?」

王の目は完全にキマっていた。はぁはぁと荒い息を立てて、何度も何度も俺の唇をねぶってくる。その様を見て、俺は自分がどういう含みを持たせた発言をしたのかようやく悟る。前世で喩《たと》えるなら、オークの群れに乱暴されそうになっているエルフが「痛くしないでください」と涙目でお願いしたのと同じだった。そりゃ興奮する。

エルフの王は俺の唇を堪能《たんのう》すると、俺の下着にその手を突っ込んで、びんびんに勃起《ぼっき》した愚息《ぐそく》に指を這わせた。うっ、と反応した俺を満足そうに見て、舌なめずりをし、愚息を丁寧《ていねい》にしごき始めた。一〇〇〇年を生きた美女の手技《しゅぎ》は凄《すさ》まじいものがあった。自分でするよりも遥かに気持ちいい。あっという間に下着が我慢汁でべとべとになっていくのを鈴口《すずぐち》で感じる。マコト様、と絶世の美女に耳元で囁かれる。まるでその声に香りがついているかのように、俺の脳はロザリンダ様の言葉に官能を覚えた。みな、あなたを見てますわ。

え、と朦朧《もうろう》としながら視線を彷徨《さまよ》わせた。その通りだった。ベッドに乗り込んできた総勢二〇名の全裸エルフは、その目に溢《あふ》れんばかりの欲望を湛《たた》えた、美しい姿形をした獣の群れに成っていた。たった一人の俺を犯そうと、夥《おびただ》しい数の手が伸びてくる。俺の手指が、つま先が、生温かい感触に包まれる。人差し指から小指に至るまで、ちゅぱちゅぱと、エルフたちの口に含まれる。ネコ科の猛獣の群れに生きたまま喰われる錯覚に陥《おちい》った。

それは、一種の、倒錯的な、被虐性愛《マゾヒズム》だった。

下着はいつの間にか脱がされ、ロザリンダ様が俺の上に跨《また》がっていた。俺は何もできないまま、ただ陰茎《いんけい》を勃起させ、エルフの群れに組み敷かれ、その王の秘部に分身を喰われようとしていた。透明な先走り汁が、どくん、どくん、と溢れ出す。前戯は部下の仕事らしく、側近が王の命令で俺の愚息をしゃぶる。唾液をたっぷり含んだフェラチオの心地よさに、ひ、き、と自分のものとは思えないほど甲高《かんだか》い音が喉《のど》から出る。

くぱあ、とエルフの王が自《みずか》らの秘部を指で広げた。綺麗で形の良いあそこに、膨張した俺の陰茎がゆっくりと飲み込まれていく。美しくもグロテスクな生物に、俺自身が丸呑みされるかのような光景だった。びりびりとした快感が脊椎《せきつい》を通って全身に走る。その最中も、俺は全身をエルフたちに舐められている。耳も、口も、首も、肩も肘《ひじ》も指も乳首も腋《わき》も膝もつま先までもだ。絶世の美女たちに体中を口づけされながら、その美女の頂点に立つ王の穴で肉棒を犯されている。はぁん……とロザリンダ様がびくびくと体を震わせながら艶《なま》めかしい声を上げた。彼女の膣《ちつ》は、入り口は広く、しかし奥が細くなる形状だった。これはロザリンダ様そのものだと、飛びそうになる意識の中で、僧侶《クレリック》が俺に言う。寛容に見えて、その実、心を開こうとはしない――と。だが俺のモノならば、それを開けることができるという。とん、とん、とノックをさせられる。彼女の膣奥に、彼女の心の扉に。ロザリンダ様がそう促《うなが》したのだろう。俺の肉棒を最後まで咥《くわ》え込んだ。結果、

「ふきゅぅぅうううんっ!?」

それだけでイった。いきなりそんな奥まで入るなんて聞いてません……と自分で腰を落としたにも拘《かか》わらず背中を震わせながら半泣きで抗議するが俺の知ったことではない。そして話の流れから察するに、射精しなければロザリンダ様は交代しないだろうしいつまでもこの乱交パーティーは終わらない。なら、俺はイくのを我慢する必要はない。ないのだが、俺から動くのは憚《はばか》れる。仕方ないので、彼女らに休まず動いてくれるよう、彼女たちに休む間もなく犯されるよう、俺は精一杯の哀《かな》しみを込めて懇願《さそ》った。

「おっ――お願いです……！　もうやめてください……！　許して、許してください……！ひどいことしないで……！」

はい逆効果。狙い通り。

ロザリンダ様のイったばかりの膣内が、さらにぎゅうっと締まる。ただ挿入してるだけなのにめちゃくちゃイきまくってる。王様がしちゃいけないアヘ顔になってるし、おっおっ、とアザラシみたいな声を出してる。あそこ全体で俺のチンポをしごきにかかってくる。腰が動いてないのに膣だけが動いてる。生の電動オナホだった。精液が昇ってくるのを感じて、俺は叫ぶ。

「あっ、あっ、イくっ――！　イきますっ、許して――！　イかせないでっ！　俺の精液は、ルルゥさんだけのものなのにっ――！」

言葉はあえて口に出す。精子はもちろん膣内《なか》に射精《だ》す。

俺は台詞とは裏腹に、静かに冷えた理性で獣に堕《お》ちたメスエルフどもを見下ろした。男様の新鮮な子種汁。その身で味わえ、変態逆レ美女が――！

・びゅるるるるっー！　どびゅるるるるるるるるる！

みこすり半どころか、挿入しただけでイってしまった。いつもなら男として立ち直れないくらいの醜態《しゅうたい》だが、この世界、この状況では男女の扱いも美醜の価値観もすべてが逆転しているためまるで問題はない。むしろ推奨《すいしょう》される。なぜならば、

「ロザリンダ王、膣内射精《ぎしき》をお済ましになられましたね。では――次は私が」

変態長耳妖精《ドスケベエルフ》美女どもが次々と、俺の精液を求めに跨ってくるからだ。

いまだビクンビクンしてる王を側近たちが丁寧に運び出す。整った金色の陰毛の間から、俺の射精したザーメンが垂れている。この世の美の化身《けしん》ともいうべき存在に、俺の分身を植え付けたという実感が湧き、得《え》も言われぬ快感に浸《ひた》される。一方、ぽたぽたと床に落ちそうになる精液を、側近が拭《ぬぐ》ってこっそり舐めていた。び、美食獣……！

「坊やちゃんのチンポ、ようやく味わえるね♡」

次に乗っかってきたのは、先日、この国を訪れたばかりの俺を昏睡《こんすい》レイプしようとしたロリ系エルフだった。生意気そうなメスガキである。たぶん俺よりずっと年上だろうけど。

「うわぁ、でっか……♡　射精したばっかりなのにもうこんなに大きくしちゃってる♡　坊やちゃん、男なのにエッチなんだね♡　輪姦《まわ》されて感じちゃってるの、変態じゃん♡」

あんたたちに言われたくないんだけどなぁ。

でもまぁ、ここの価値観じゃそうなんだろう。もう少しだけイメージプレイをやってみるか。

「ち、ちがっ……感じてなんかないです。俺は変態じゃないっ……！」

テンプレ通りの返しをしたら、ロリエルフさんは目を爛々《らんらん》と輝かせた。琴線《きんせん》に触れたらしい。

「うわっ……！　やば、ちょー可愛い……！　きゅんってしちゃった。なにその目つき、サイコー♡　もうだめ、いただきまーす♡　んっんんっ……！　おっきぃ……！　きっつぅ……♡」

メスガキエルフが、ぐっちょぐちょに濡れたアソコで俺の肉棒を喰らう。うおっ、マジでキツイ……！　師匠のそれと同じ感じで、でも処女じゃない分、よくほぐれてる……！

「あはっ♡　なーに必死な顔してぇ♡　そぉんなに気持ちいいならぁ♡　声だしちゃえばぁ♡　坊やちゃんの♡　感じまくってる声♡　お姉さん聞きたいなぁ♡」

くっそ！　メスガキな外見でお姉さん系の痴女セリフで攻めてくるな興奮するだろ！　俺は射精した。

そりゃもう勢いよく出した。二度目とは思えないほどだった。小さな体に収まらないほど出した。むしろ湯船に出せばこの小さな体が浸《つ》かるほどの量だったと思う。そんくらい出た。メスガキエルフお姉さんたまらん。

「あは♡　いっぱい出たぁ♡　この変態♡　犯されて射精する雑魚《ざこ》チンポ♡　ざーこざーこ♡」

——いや、あなたも俺の胸にしなだれかかって全然余裕ないじゃないですか。このメスガキ、わからせてぇ……！

ってことで、ちょっと小突いてみた。チンポで。チビエルフの膣奥を。

「あきゅぅん!?　ちょっ、待っ……！　ひぎゅっ！　そんなっ！　おっきっ！　おちんぽでっ！　おなかっ！　突かれたらっ！　イくっ！　またイっちゃうっ！　んきゅううううっ！♡♡」

マゾプレイは一時中断だ。否《いな》、俺の腕で彼女を拘束した。そのままイキ続けてる彼女にさらにピストンを続け、二度目の射精をする。抜かずの二連発だ。喜べメスガキが。

「んっきゅううう！　んんっ！　はぁっ、はぁっ♡　ゆるしてぇっ♡　もう、イってるからぁ♡　ずっと、イってるからぁ♡　ああっ♡　出てるっ♡　出てるぅ♡　また射精してるぅ♡

……はぁぁあんっ♡　んっ……はぁ……んんっ……♡　男様の御チンポ、さいっこう……♡」

くたり、となり、俺の上でひぃひぃ言ってるメスガキエルフさん。それを見た周りのエルフどもが彼女を見て騒然とし始めた。

「エロイーズ様があんなに昇天なされて……！」

「やはりマコト様のチンポ力《ちから》……測り知れない……！」

「——えっ、もう勃起してる!?」

「次は誰！　早く回ってこないかしら、マワす順番！」

「犯したい食べたい。犯されたい食べられたい」

エロフどもめが〰〰〰〰。

再び両手を拘束され、エルフ特製の強精ドリンクを無理やり飲まされ、次の女が俺に跨ってくる。綺麗というより可愛い系の顔をした、グラビアモデル体型のエルフだった。射精した。

チンポが乾く暇《ひま》もなく、次のエルフが乗っかってくる。今度は高身長で筋肉質。骨盤から太ももまでがデカくてエロい、衛兵長のサビーナさんだった。射精した。

ぬろー、と秘部から陰茎が解き放たれ、自由になる。俺のあそこは、精液と愛液で白く泡立っていた。それを横から顔を出したメイドのエルフさんが綺麗にしようとぺろりぺろりと舐めてくる。顔射した。

お掃除してるのに汚さないでください、と叱《しか》られた。こんなえっちな怒られが発生することある？　でもメイドのエルフさん嬉しそうで可愛かったし、その綺麗な顔にぶっかけたの気持ちよかった。綺麗なお口で綺麗にしてもらった陰茎は、また勃起した。

爆乳美女、むっちり美女、清楚系美少女、ケツデカ美女、ロリ美少女、モデル系美女、と右を向いても左を向いても美しい女しかいない。飽きることなく美女に挟まれ、抱かれ、舐められ、咥えられる。全身を舐められながら逆レイプされているので、今どの美女とセックスしてるのかよくわからないけど射精した。

おっ、なんか懐《なつ》かしい締まりがする――と首を動かしてなんとか交尾相手の顔を見たらルルゥさんだった。あなた何やってるんですか。我慢できなくなったんですね。「マコトきゅんは私のものです」って叫んでるし。可愛い。女神みたいなひとが、俺が他の女とセックスしてるの見て嫉妬してるの、大変宜《よろ》しいです興奮します。射精した。

出して、出して、出した。

射精《だして》、射精《だして》、射精《だして》、射精《だして》、射精《だして》、射精《だして》、射精《だした》。

射精《だして》射精《だして》射精《だして》射精《だして》射精《だして》射精《だして》射精《だして》射精《だして》射精《だして》射精《だして》射精《だして》射精《だして》射精《だして》射精《だして》射精《だして》射精《だして》——膣内射精《だしまくった》。

数えきれないくらい膣内射精した。最後の方はさすがに全然出なくなった。透明な汁しか射精《で》ない。干からびそう。そのたびに強精ドリンクを飲まされて、また復活して射精した。そんな地獄のような天国を何度も繰り返し、何度も果てては生き返り、生き返っては搾《しぼ》り取られ、

そして——夜が明けた。

屍《しかばね》の山に、男女が一組。

男は俺。女はルルゥさん。

結局、最後まで一緒だったのは、ルルゥさんだけだった。

大広間には、疲れ果てたエルフたちがそこら中で寝息を立てている。もはや、王も側近もメイドもなかった。醜女も美女もなく、ただただ獣欲を貪《むさぼ》りつくした眠れる群れがそこに在《あ》った。

「お疲れさまでした、マコト様」

「一生分のセックスをしたような気がします。まぁ俺にとっては天国みたいなものでしたけど」

うふふ、と笑うルルゥさん。

「一生分だなんて、そんな」

「本当ですよ。少し前まで童貞だったのに、俺」

「それなら、私も少し前まで処女でした。それに――ね？」

大広間に朝日が差し込む。眩《まばゆ》い光に包まれて、ルルゥさんが微笑む。

「まだエルフはたくさんいますから」

は？

「今日は二〇名だけでしたから――残り、二八〇名ほどですね」

こんなのを、あと十四回続けろと……？

「私たちの戦いはこれから――ですわね？」

どうやら俺たちは登り始めたばかりのようだった。この、果てしなく遠い女坂をよ……！


などと。

そんな冗談を言っている暇もなければ、チンポが乾く暇もないほど、俺は変態エルフと膣内射精の日々を過ごすのであった。

なかにはルルゥさんのお祖母《ばあ》さんとかもいたらしいけど、よくわからない。エルフの皆さんマジでお綺麗ですからね。

実年齢《AGE》とか知らないけど、たぶん全員抱いたぜ？

エピローグ

プロポーズ

〝竜〟を討伐し、大広間で乱交を繰り広げてから――一カ月後。

ルルゥさんは俺を墓地へ連れていってくれた。

エルフの墓標は、石ではなく、木で編んだものだった。腰くらいまでの高さの、カゴのような、大きな果実のような形をしている。

そこにルルゥさんは花を添えて、両手を組み、じっと目をつむっている。

俺も彼女にならった。

「ありがとう、お母さま。――私を醜女《しこめ》に産んでくれて」

隣で、ルルゥさんはそう小さく呟《つぶや》いていた。

俺にとっては醜女じゃないんだが、やはり彼女にとっては……。

目を開けたルルゥさんは、俺を見る。

「マコト様は、私を綺麗だと仰《おっしゃ》ってくださいます」

「……はい」

「オークの皆さまよりも、エルフの民《たみ》よりも、私は恵まれています。マコト様のような殿方と一緒にいられるから。それは優越感を得られるものですが……」

でも、とルルゥさんは顔を伏せる。

「それでもまだ、怖いのです。マコト様の愛を疑うことはもうありません。ただ、向けられる『視線』が、怖いのです。情けないとお笑いになるかもしれません」

声を震わせて、ルルゥさんは言う。

「私は、〝竜〟と戦う時よりも、街を歩く時の方が、怖いのです」

「ルルゥさん……」

「どれだけ愛されても、自分に自信が持てません。世界で一番素敵な方に『好きだ』と言われているのに、それなのに――ごめんなさい、マコト様。ごめんなさい」

そう謝る彼女を見て、ああ、と気が付く。

いつもルルゥさんが寝言で呟いている「ごめんなさい」の意味を。

きっと今も、怖いのだろう。

いつまでも成長できないと、捨てられるのではないかと、怖いのだろう。

それでも、告白してくれたのだ。

俺はその勇気に、応《こた》えなければならない。

細い肩と、長い耳を震わせる彼女に俺は、心からの言葉を告げる。

「それでもいいです」

「え……？」

「怖いままでもいいです。自信が持てなくてもいいです。『空気』が怖いのは俺も同じだから」

あの時、あの子を見捨ててしまった、助けられなかった。

俺は、俺だって、今でも怖い。

でも。

「俺はルルゥさんが綺麗だと思います」

今度こそ、間違えない。

「世界中があなたを罵《ののし》っても、俺はあなたの味方です」

震える肩に手を置いて、ルルゥさんのお母さまの前で、誓うようにキスをした。

オクドバリーのノルベルト殿下を思い出す。

フェアリアムのロザリンダ様からの提案を思い出す。

ずっと考えていたことを、俺はルルゥさんに伝えようと思った。

「俺と結婚してください、ルルゥさん」

彼女は、ぽかん、とした。

俺はてっきり――涙の一粒でも流してくれるのではないかと期待して待っていたのだが。

しかしルルゥさんは、「ふぇぇぇ〜〜」と顔を赤くして、可愛らしく困っている。

「しょ、しょんな……ショタからプロポーズされるなんて……！」

ショタ言うな。

「い、いや、あの、マコトくん？　こういうのは、違うのよ？」

「……何がですか」

「あ、ちょっと怒ってる？　ごめんね、でも可愛い♡　あのね、こういうのはね──」

と、ルルゥさんは俺の両頬をそっと包んで、

「女の方からするのが、普通なの」

もう一度、キスをした。

そして、

「──私をあなたの妻の一人にしてくれませんか？」


女神のような、天使のような、そんな比喩《ひゆ》さえ霞《かす》んでしまうほどの笑顔で、そう言った。

そっかぁ、と俺は内心で笑う。

そこまでも価値観が逆転してるんだなぁ。

「も、もう、なんで笑うの？　ひょっとして、だ、だ、だ、め……？」

「いいえ、いいえ、ルルゥさん。ダメじゃないです」

「じゃあ……！」

「はい。喜んで」

「〜〜〜〜〜〜〜〜〜〜〜〜〜〜〜〜〜〜〜〜〜!!」

跳び上がりそうなほど嬉しそうな表情でルルゥさんが喜ぶ。いや、実際にちょっと跳ねてる。

ぴょんぴょんしてる。

「マコトくんっ……！」

「ルルゥさん」

「大好きっ!!」

「大好きです」

俺の肩に手を回して抱き着いてくる、ルルゥさん。

初めて会ったとき、全裸で土下座していたエルフの彼女は。

こうして、俺の妻となったのだった。

あとがき

こんにちは、お久しぶりです。妹尾尻尾《せのおしっぽ》です。

『美醜逆転世界のクレリック』第2巻をお買い上げいただき、誠にありがとうございます。

異世界転生したと思ったらそこは美醜の価値観と男女の貞操観念が逆転した世界であり、苛《か》烈《れつ》な容姿差別に遭《あ》っているヒロインたちを現代日本の感覚を持った主人公が儀式《えっち》で救う——。

そんなお話の、第2巻です。

今回はルルゥを中心に、マコトが前世で思い残したことを解消するお話になりました。『誰かを救うことによって自《みずか》らも救われる』。そんな物語を描くことができて、作家冥利《みょうり》に尽きます。ガワはエロですけれど、ここまで読んでくださったあなたには、きっと伝わっていると信じています。

とは言いつつ、エロも当然アクセルべた踏みのスロットル全開で突っ込んでいきます！　エロフに搾《しぼ》られ、オネショタプレイをして、そしてエロフに集団レイプされる——あれ、このラノベ、大丈夫かな？　きっと大丈夫です。担当さんが何とかしてくれるはずです。『DX《ダッシュエックス》文庫史上最大のエロス』、更新して参りますよー！

イラストはもちろん今回も「ちるまくろ」先生です。前回よりもパワーアップしたルルゥのカバーイラストをご覧ください。このエルフがエロ過ぎる。最高です。本当にありがとうございました！

コミカライズ企画も進行中です。現在、ネームと作画チェックまで進んでおりますが、めちゃくちゃ素晴らしい出来です。妹尾は毎回、絵師さん・漫画家さんに恵まれております。こちらもどうぞお楽しみに！

最後に謝辞を。この本を手に取ってくれた皆様、いつもお世話になっている編集の松橋《まつはし》さん、今回もお世話になりました編集長、イラストのちるまくろ先生、校正さん、コミカライズ担当の漫画家さん及び編集さん、営業さん、出版に関わってくださった全ての方々、「ノクターン」の読者様、本当にありがとうございます。

また近いうちにお会いできることを祈っております。それまで皆様、どうぞお元気で。

この作品の感想をお寄せください。

あて先　〒101-8050　東京都千代田区一ツ橋2-5-10
集英社　ダッシュエックス文庫編集部　気付
妹尾尻尾先生　ちるまくろ先生

ダッシュエックス文庫

美醜逆転世界のクレリック2
～美醜と貞操観念が逆転した異世界で僧侶になりました。
淫欲の呪いを解くためにハーレムパーティで『儀式』します～

妹尾尻尾

2023年3月29日　第1刷発行

★定価はカバーに表示してあります

発行者　瓶子吉久
発行所　株式会社　集英社
〒101−8050　東京都千代田区一ツ橋2−5−10
03(3230)6229(編集)
03(3230)6393(販売／書店専用)　03(3230)6080(読者係)
印刷所　大日本印刷株式会社

ISBN978-4-08-631502-9 C0193